TOUT CONTRE TOI

SÉRIE STARK À TOUT JAMAIS

J. KENNER

TOUT CONTRE TOI

SÉRIE STARK À TOUT JAMAIS

Roman Court

PAR

J. KENNER

Traduit de l'anglais (États-Unis) par Laure Valentin

Apprivoise-moi

Tente-moi

Te désirer

T'enflammer

T'envoûter

Original publié en anglais en 2017 par Evil Eye Concepts, Incorporated sous le titre *Hold Me* par J. Kenner

Traduction française publiée par Martini & Olive, LLC
Traduit de l'anglais (États-Unis) par Laure Valentin.
Relecture effectuée par Estelle de La plume de Camélia.

Conception graphique de la couverture par Michele Catalano, Catalano Creative
Image de la couverture par DepositPhotos.com/belchonock et duskbabe et toxawww

Première édition française février 2019

Tout contre toi copyright 2017, 2019 Julie Kenner

ISBN: 978-1-949925-33-3

V-2019-2-21P

Par J. Kenner, auteure de best-sellers classés au *New York Times* et au *USA Today*, une nouvelle histoire dans sa série *Stark à tout jamais*…

Je n'ai jamais été plus comblée dans ma vie avec Damien. Chaque jour est un miracle, et chaque nuit je m'abandonne dans l'oasis de ses bras.

Mais nous rencontrons aussi de nouveaux défis. Nos familles. Nos carrières. Et de nouvelles responsabilités qui ne cessent de nous mettre à l'épreuve.

Je sais que nous survivrons. Il le faut, car je ne peux pas vivre sans Damien à mes côtés. Mais parfois, les ténèbres semblent trop envahissantes et je suis terrifiée à l'idée qu'un jour, Damien ne puisse plus m'apporter sa lumière. Il me faudra alors puiser en moi la force de retrouver le chemin de ses bras.

CHAPITRE 1

— Tu vois ?

Assise au bord du lit de ma fille, je referme son livre préféré, *Bonne nuit, dormez bien, petits lapins.*

— Tous les animaux sont endormis, et maintenant c'est l'heure pour Lara de dormir, elle aussi.

— Chaton dodo ?

Elle me tend son chat en peluche, dont le pelage, autrefois doux, est rêche et plein de bouloches ; le prix à payer pour être l'animal préféré de sa ménagerie.

— Chaton et Lara peuvent faire dodo tous les deux, d'accord ?

Elle passe les bras autour de Chaton et hoche la tête avant de porter son pouce à sa bouche.

— Je t'aime, Lara Ashley Stark, dis-je alors que ses yeux se ferment tout doucement.

Pour tout dire, les miens aussi commencent à se voiler. Qui aurait cru que ce serait aussi épuisant de s'occuper d'un nouveau-né et d'un enfant de deux ans ?

— T'aime, Maman, murmure-t-elle autour de son pouce.

Je me penche pour lui donner un autre baiser, inspirant son parfum de talc et de shampooing pour bébé.

Elle rouvre les yeux et me regarde en clignant des paupières.

— *Baba ?* demande-t-elle.

Ça veut dire *papa* en chinois. Elle a toujours utilisé ce mot, depuis le jour de son adoption.

Elle avait vingt mois à l'époque. Et même si huit

mois seulement se sont écoulés depuis notre retour de Chine, j'ai déjà du mal à me rappeler comment étaient nos vies sans cette précieuse fillette à nos côtés.

— Papa t'aime très fort, dis-je en lui caressant les cheveux, d'une voix délibérément basse pour l'aider à s'endormir. Ferme les yeux, mon bébé. Papa viendra te faire un bisou plus tard. Quand tu seras déjà au pays des rêves.

Je dois réprimer une moue mélancolique. Damien a beau essayer d'être de retour à la maison pour le coucher de nos deux filles, son rôle de maître de l'univers l'en empêche parfois.

Moi, en revanche, je n'ai pas quitté notre maison de Malibu depuis que nous avons ramené Lara. À l'exception, bien sûr, de mon séjour à l'hôpital où notre deuxième fille, Anne, est née il y a près de quatre mois.

Au début, je suis restée à la maison pour nouer des liens avec Lara. Pendant ce premier mois, Damien et moi nous sommes consacrés exclusivement à notre famille. Puis il a repris le chemin du bureau et j'ai commencé à effectuer quelques tâches à domicile.

J'avais l'intention de prendre un congé maternité classique de trois mois pour Lara, puis de passer le dernier mois de ma grossesse à travailler dans mon bureau pour m'assurer que tous mes clients étaient satisfaits et que les projets étaient en bonne voie avant l'arrivée d'Anne.

En fin de compte, j'ai dû rester alitée pendant le dernier mois, écourté à deux semaines, car Anne est née en avance. Et dès qu'elle a fait son apparition, je me suis immédiatement octroyé trois autres mois de congé.

Maintenant, c'est le dernier week-end avant mon retour au bureau, où je travaillerai à temps plein. Et même si mon congé maternité commençait à me rendre folle, je suis parfaitement consciente de ma chance extraordinaire. J'ai deux filles magnifiques et en parfaite santé, et je suis mariée à un homme qui m'adore, moi et nos enfants, mais qui parvient aussi à faire battre mon cœur dès qu'il me regarde ou murmure mon prénom.

Mieux encore, grâce aux talents et aux

ressources de cet homme, nous avons une maison somptueuse, nos enfants ne manqueront jamais de rien, et même si nous cessons entièrement de travailler, nous aurons les moyens non seulement d'entretenir notre famille, mais également de vivre dans le confort et les privilèges.

Je sais que Damien est riche depuis que je le connais. Et même avant, car en tant qu'ancienne star du tennis professionnel devenue milliardaire grâce à ses entreprises florissantes, Damien jouit depuis longtemps d'une grande notoriété. Et Dieu sait que j'ai moi-même fait l'expérience du luxe et des avantages que ses dollars peuvent acheter. De ses jets privés jusqu'à ses chauffeurs personnels, en passant par les suites royales dans les hôtels du monde entier.

Mais ce n'est que depuis l'arrivée de nos filles que je ressens vraiment l'impact de sa fortune. Comment elle peut protéger leur avenir. Le filet de sécurité qu'elle représente contre toutes les perspectives effrayantes que la vie peut mettre en travers de notre chemin.

Malheureusement, ce ne sont que des illusions.

Et en regardant ma fille, son visage tendre et innocent, je suis forcée de soupirer. Parce que la vérité, c'est qu'il n'y a aucune protection. Jamais. Pas vraiment.

Personne ne le sait mieux que Damien et moi.

J'ai grandi à Dallas avec l'argent et les privilèges que le pétrole et le gaz peuvent garantir. Ce n'était pas du niveau de Stark, mais ma famille était aisée. Pourtant, ces dollars ne m'ont pas évité de souffrir. Ils ne m'ont pas empêchée de tenter d'échapper aux aspects sombres de ma vie en retournant une lame contre ma propre peau.

Et l'empire que Damien a bâti n'a pas effacé les mauvais traitements dont il a souffert dans son enfance ni éradiqué toutes les difficultés qu'il a – que nous avons – rencontrées au fil des ans. Rien ne nous a été épargné, les agressions physiques, le chantage et même le sabotage professionnel.

Mais pas mes enfants, me dis-je avec conviction. Je serai peut-être incapable de les protéger contre tout ce qui les attend dans le monde, mais une chose est sûre, je peux essayer. Au moins, elles ont la chance d'avoir Damien et moi pour parents, et non Elizabeth Fairchild ou Jeremiah Stark.

Cette seule idée me donne des frissons et je passe une main attendrie sur les cheveux de Lara.

— Je t'aime, bébé, dis-je à mi-voix. Et je serai *toujours* là pour toi.

Toujours.

Ce mot prend de l'ampleur dans mon esprit. Il m'enveloppe en me palpant de ses doigts entachés par la culpabilité. Ces trois derniers mois, j'ai confié presque entièrement ma petite entreprise aux mains d'Éric et Abby, les deux employés qui travaillent avec moi depuis près de deux ans maintenant.

Mais lundi, notre nounou passera à plein temps chez nous et je devrai retourner au travail. À vrai dire, je suis impatiente. Même si j'adore mes filles, et même si nous n'avons pas besoin d'argent, j'ai hâte de me replonger dans le monde des affaires et de mettre les mains dans le cambouis. Tout a commencé par mon amour pour l'encodage et la conception d'applications, et sur cette base fragile, j'ai bâti Fairchild Development à partir de rien. Je suis incroyablement fière, non seulement de ma société, mais aussi de ses produits et de ses services, de sa clientèle grandissante et, plus important encore, de son excellente réputation.

Bien que je puisse effectuer quelques tâches de chez moi, ce n'est pas la même chose que d'être au bureau, un peu comme Damien. M'asseoir derrière mon bureau et diriger mon empire – aussi modeste soit-il.

Alors, oui, je suis tout excitée en pensant à lundi. Mais en caressant doucement la joue chaude de Lara, en voyant sa poitrine monter et descendre au rythme du souffle qui franchit ses lèvres entrouvertes, je dois avouer que je redoute aussi ce moment. Parce que mes filles seront ici, à Malibu, pendant que je serai à une heure de là, à Studio City. Je vais rater des instants magiques, comme Damien rate si souvent le dîner ou l'heure du coucher. Un mot ou une réaction. Une drôle de frimousse ou un rire spontané.

Et même si ça ne m'est encore jamais arrivé, cette

certitude inévitable me fait l'effet d'un couteau en plein cœur.

Avec un profond soupir, je me lève lentement, prenant soin de ne pas faire bouger le lit. Il faut croire que je ne suis pas assez discrète, car dès que je me lève, Lara ouvre les yeux et sa bouche esquisse un *maman* silencieux.

— Maman est là, ma puce, dis-je avec calme.

J'étouffe un bâillement dans ma paume. La journée a été épuisante.

— Rendors-toi, ma chérie.

— *Baba*, dit-elle d'une voix ensommeillée en tendant la main.

— Je sais. Maman aussi aimerait que *Baba* soit là.

— *Baba*, répète-t-elle.

Cette fois, un sourire délicat se dessine sur ses lèvres et, bientôt, elle sourit à belles dents.

— *Baba* bisou.

Damien.

Je ne le vois pas, mais je sais qu'il est ici. Ce n'est

pas uniquement la réaction de Lara. C'est sa présence. Sa chaleur. Sa façon d'habiter la pièce comme une force de la nature, de sorte que chaque objet qui la compose frémit imperceptiblement. Impossible de ne pas être conscient de sa présence.

Je me tourne lentement et mon propre sourire s'agrandit quand je l'aperçois dans l'encadrement de la porte. Il est appuyé contre le chambranle et ses yeux vairons incroyables reflètent un tel amour que mon cœur se gonfle instantanément.

— Et si j'embrassais mes deux petites femmes ? dit-il.

Si son sourire s'adresse à Lara, c'est moi qu'il regarde.

Je hoche la tête avant de soupirer de bonheur lorsqu'il s'avance au chevet de Lara et se penche pour lui déposer un baiser sur le front.

— Regardez-moi ce lit de grande fille.

Elle a quitté son lit à barreaux pour un lit de

fillette il y a une semaine, et c'est toujours une source de fascination inépuisable.

— Grande ! s'extasie-t-elle.

À sa voix et à son expression, il est évident que la présence de son père suffit à la tirer du pays des rêves. Elle tend énergiquement les bras.

— Debout !

— Oh, non, répond Damien en la recouchant.

Il lui tend son Chaton avant de ramener sa petite couverture sur ses épaules.

— Il est tard. Et les grandes filles dans des lits de grandes filles ont besoin de sommeil. Pas vrai, câlinette ?

— Lara ! s'exclame-t-elle. Lara Ashley Stark !

— Oh, c'est vrai, dit-il en effleurant le bout de son nez. Cette grande fille s'appelle Lara. Fais un bisou à Papa, et ensuite, au dodo.

— Pa-ion, insiste-t-elle.

Damien lui fait le plaisir de se pencher pour lui

donner un baiser de papillon en battant des cils contre sa joue.

— Et maintenant, dodo, d'accord ?

Elle acquiesce, son pouce rejoignant sa bouche.

— *Pa-ba*, dit-elle.

Derrière la paume de ma main, je réprime un éclat de rire.

— Bo-nui, ajoute-t-elle.

Il la borde et se lève avant de se tourner lentement vers moi, un sourire délicieux aux lèvres.

— Maman, bisou ? demande-t-il.

Cette fois, je ris pour de bon. Je lui tends la main et je l'entraîne dans le couloir.

— Bisou.

Je fonds lorsqu'il me plaque contre le mur, sa bouche ferme et exigeante sur la mienne, comme si nous étions séparés depuis des semaines et non quelques heures à peine.

— Mes filles m'ont manqué aujourd'hui, dit-il en

s'écartant, me laissant à bout de souffle. Toutes. Mais c'est toi qui m'as manqué le plus.

Je pousse un soupir bienheureux.

— Je ne pensais pas que tu serais de retour si tôt. Tu as dit que tu étais coincé à San Diego.

Même si nous sommes samedi, sa présence était requise dans l'un des bureaux satellites de Stark International après le déjeuner, et étant donné la nature de la crise, il m'a expliqué qu'il n'aurait sans doute pas terminé avant minuit.

— Pendant un moment, j'ai bien cru que j'allais devoir prendre l'avion de San Diego jusqu'à Pittsburgh, me dit-il. Mais nous avons réussi à tout arranger vers dix-huit heures. Je suis rentré avec l'hélicoptère, ajoute-t-il. Tu ne l'as pas entendu atterrir ?

Damien a fait construire un héliport en même temps que la maison, ce qui s'avère souvent très utile. En temps normal, je l'entends aller et venir, mais cette fois, je secoue la tête.

— Je suppose que c'est parce que la chambre de Lara se trouve de l'autre côté de la maison.

— Tant mieux. Si j'utilise plus souvent l'hélico, je n'aurai pas à craindre de réveiller les filles.

— Bien vu, dis-je avant de dissimuler mon sourire derrière ma main, étouffant le rire que je sens monter.

— Ça t'amuse, les hélicos ? Réveiller les filles, en tout cas, ce n'est pas drôle. Ça rend grognon.

— C'est toi qui es drôle, dis-je. Non, il y a quelques minutes, je pensais justement que nous avions plus de moyens que d'autres parents. Et ton arrivée l'illustre parfaitement.

Il ricane, plissant ses yeux rieurs.

— C'est toujours un plaisir de voler à ton secours.

Je me blottis contre lui et referme ses bras autour de ma taille. Puis je me hisse sur la pointe des pieds et je murmure :

— Si tu tiens à m'aider, j'ai bien quelques idées...

Ses mains descendent sur mes fesses, qu'il empoigne pour m'attirer tout contre lui. En sentant la pression de son érection, je pousse un gémissement impatient.

Il ne dit rien et se contente de me prendre la main pour me conduire en direction de notre chambre.

La chambre principale se trouve au deuxième étage de cette maison que Damien faisait construire lorsque nous nous sommes rencontrés à Los Angeles. D'un point de vue technique, nous nous étions croisés six ans plus tôt, mais cette brève rencontre alors qu'il était membre du jury au concours de beauté auquel je participais n'était qu'un prologue à la vie commune que nous connaissons aujourd'hui.

Unique par sa conception, le deuxième étage est le cœur de cette maison. Il se déploie autour d'une immense salle de sport ouverte sur un balcon offrant une vue imprenable sur le Pacifique. Une cuisine, petite mais fonctionnelle, occupe l'autre côté de l'étage. Ce qui devait être à l'origine un espace de travail pour le personnel chargé de la restauration est devenu notre cuisine principale, bien plus pratique que cette usine à gaz de type commercial que nous avons au rez-de-chaussée.

La chambre principale se trouve derrière l'aire ouverte, avec laquelle elle partage un mur commun. Même si nous l'utilisions rarement avant l'adoption de Lara, il y a une autre chambre d'amis au même étage. Située derrière le dressing de la chambre principale, elle a deux grandes fenêtres qui donnent sur l'arrière et le côté de la maison.

C'est la chambre de Lara, maintenant. Elle est tapissée dans un jaune guilleret qui fait honneur au nom de notre chatte, Sunshine. D'ailleurs, cette dernière y passe beaucoup de temps. Elle semble avoir décidé que veiller sur la fillette relevait de sa responsabilité. Tandis que Damien m'entraîne de l'autre côté de la double porte marquant l'entrée de notre chambre, Sunshine nous croise, la queue bien droite. Elle se dirige en sens inverse, vers la chambre de Lara, prête à se rouler en boule sur le fauteuil qu'elle a accaparé afin de surveiller sa protégée pendant la nuit.

— Elle vient de chez Anne, dis-je en désignant le

salon attenant à notre chambre, converti en nursery.

Sunshine adore Anne, évidemment, mais elle sait qu'elle n'a pas le droit de monter dans son berceau, ce qui rend le bébé beaucoup moins attrayant à ses yeux. Pourtant, notre chatte a un rituel du soir, consistant à décrire deux cercles complets autour du couffin, comme pour repérer les dangers éventuels. Ce n'est qu'une fois certaine qu'Anne est bien en sécurité que Sunshine rejoint son poste de nuit dans la chambre de Lara.

— Je crois que le chat a raison, dit Damien.

Sans me lâcher la main, il nous conduit auprès de notre cadette.

Je l'ai couchée il y a une heure, et à présent elle dort à poings fermés, ses petites mains sur le bord de la couverture rayée dans laquelle elle était emmaillotée à notre retour de l'hôpital. Malgré toute une cargaison de jouets, de couvertures et autres doudous offerts par nos amis, son bien le plus précieux dans ce monde demeure la couverture légère de la maternité.

Je pose la tête sur l'épaule de Damien et son bras se referme autour de moi, tandis que nous regardons dormir notre petit miracle. Je souffre d'une affection utérine rare et les chances que je puisse mener une grossesse à terme étaient quasi nulles. On peut dire qu'Anne est notre bébé miracle, mais plus je la regarde, plus je me rends compte à quel point chaque enfant est miraculeux.

— Qu'est-ce qu'elle a fait aujourd'hui ? demande-t-il.

Au fond, je sais ce qu'il demande vraiment : *ai-je raté quelque chose de spectaculaire ?*

C'est le plus difficile dans le fait d'être absent, de partir travailler à l'extérieur. En lui racontant que notre petite princesse a roulé du ventre sur le dos pour la toute première fois, je ne peux m'empêcher de me demander quelle étape je risque de rater lorsque je retournerai au travail.

— Tu as pu la filmer ?

— Je n'avais pas mon téléphone à portée de main. Désolée.

— Elle me le montrera peut-être demain matin.

Il me conduit hors de la nursery jusqu'à notre lit.

— Là, tout de suite, je roulerais bien sur le dos, moi aussi.

J'éclate de rire.

— C'est vrai, Monsieur Stark ? Tu pourrais peut-être me montrer à quoi tu penses.

CHAPITRE 2

Naturellement, Damien se fait un plaisir de joindre le geste à la parole.

Il me prend les deux mains et m'attire à lui. Il me rattrape avant de tomber sur le lit d'un mouvement fluide, mon corps serré contre le sien. Je proteste en riant, pour la forme. Mais il me fait taire, d'abord par un baiser, puis en nous faisant rouler jusqu'à l'autre bout du lit.

— Damien ! me récrié-je lorsqu'il me plaque sous son corps.

Mon cri se change bientôt en gémissement quand il fait glisser mon t-shirt par-dessus ma tête avant de le nouer autour de mes poignets pour les entraver.

— J'aime ça, dit-il en me dévorant du regard.

Il déboutonne sa chemise et la retire, m'offrant le beau spectacle des muscles compacts de son corps d'athlète. Puis il fait courir ses mains le long de mes bras et referme ses paumes sur mes seins, à présent nus et particulièrement sensibles. Je me passe rarement de soutien-gorge ces derniers temps, à cause de l'allaitement de la petite, mais comme j'avais l'intention de me prélasser dans mon bain une fois que Lara serait couchée, je porte seulement un t-shirt et un pantalon de yoga.

— Et j'aime ça aussi.

Il pose un baiser sur le renflement de mon sein droit. Aussitôt, une ligne de désir brûlant se tend comme un fusible entre mon téton et mon bas-ventre, me faisant vibrer d'une avidité insatiable. Je me trémousse sous son corps, submergée par la déferlante de désir qui me parcourt de part en part.

J'agrippe l'une des barres en fer verticales qui

composent la tête de notre lit baroque. En même temps, je me cambre comme pour quémander en silence d'autres caresses de sa bouche et de ses mains.

Il ne me déçoit pas. Sa bouche se referme sur mon téton et sa langue m'enflamme sans pitié. Sa main libre descend sur mon ventre, de plus en plus bas jusqu'à atteindre la ceinture de mon pantalon de yoga. Il tire sur le cordon pour le détacher avant de glisser ses doigts à l'intérieur, les posant sur mon clitoris. Son geste est aussi léger qu'une plume, mais il me fait l'effet d'un brasier. Il réveille une passion torride qui me traverse, du clitoris jusqu'à la poitrine, et se diffuse dans chaque cellule de mon corps.

Je tressaille et je m'agite sans relâcher ma poigne autour de la barre du lit. Au contraire, je l'agrippe de plus belle, luttant contre l'explosion que je sens monter tandis que les doigts experts de Damien jouent entre mes jambes.

Sauf que l'explosion ne vient jamais. Je suis au bord du précipice quand Damien retire sa main, me laissant pantelante, en équilibre instable, frustrée et éperdue.

— Damien, dis-je d'un ton implorant. Je t'en prie.

Il lève la tête et nos regards se croisent. Ses lèvres frôlent mon téton, puis il me répond :

— Chut, bébé. Je vais m'occuper de toi.

Je gémis en sachant que mes supplications ne me conduiront nulle part, consciente que même s'il me laisse dans l'attente, l'explosion finale n'en sera que plus intense. Après tout, il connaît intimement mon corps et il sait parfaitement comment jouer de cet instrument-là.

Lentement, ses baisers descendent le long de mon corps. Sa langue dessine le contour de mon sein, puis ses lèvres effleurent mes côtes.

La ligne de baisers délicats se poursuit sur mon ventre. Chaque fois que sa bouche entre en contact avec ma peau brûlante, j'éprouve un élancement similaire entre les jambes. En proie au désir urgent de sentir mon mari à l'intérieur de moi, j'ai le corps tendu à l'extrême.

Au fur et à mesure que ses baisers descendent, ses mains en font autant. Bientôt, il a baissé ma culotte jusqu'aux genoux, me déshabillant sous ses yeux. Lentement, sa main remonte le long de ma jambe, effleurant du bout des doigts les cicatrices les plus violentes à l'intérieur de mes cuisses, tandis que ses lèvres suivent la trace de la césarienne pratiquée pour la naissance d'Anne.

Je me suis longtemps scarifiée. Tout a commencé quand j'étais adolescente. J'essayais d'échapper à une vie dans laquelle je me sentais prise au piège et la lame me servait d'exutoire, me permettant par la douleur de me recentrer sur moi. Aujourd'hui, c'est fini – depuis Damien. Mais je sais que cette faiblesse fait partie de moi, que ça ne changera jamais.

À présent, je me mords la lèvre inférieure. J'éprouve une conscience aiguë de mon corps lorsqu'il retrace ces deux cicatrices de natures différentes. Naturellement, Damien sait que je m'automutilais. Mais les cicatrices que je me suis infligées me semblent superficielles et honteuses en comparaison avec celle qui a aidé notre fille à venir au monde.

— C'est agréable d'avoir enfin une cicatrice qui

nous rappelle un souvenir heureux, dis-je à mi-voix. Et non un souvenir triste.

Damien lève la tête. Dans son regard, je ne vois rien d'autre qu'un soutien fervent et un amour inconditionnel.

— Tu sais ce que j'en pense, bébé. Chacune de tes cicatrices reflète ta force. Mais en effet, ajoute-t-il en passant ses lèvres sur la trace de la césarienne. Celle-ci est sans conteste ma préférée.

Je souris. La sincérité de sa réponse atténue ma gêne, et pourtant, elle s'attarde encore.

— C'est parce que tu y as joué un rôle.

— Vraiment ?

Il rit tout bas et penche de nouveau la tête. Sa langue glisse sur mon clitoris et une étincelle crépite, promesse du feu d'artifice à venir.

— Un rôle dans quoi ? La cicatrice ? Le bébé ?

— Tout ça, dis-je. Et tout ce qui me compose.

J'incline les hanches dans une invitation silencieuse.

— Damien, s'il te plaît.

Il fait courir ses lèvres sur mon pubis, tandis que ses mains caressent l'intérieur de mes cuisses, remontant lentement – mais pas assez haut. Je brûle d'impatience. J'ai envie de ses mains, de sa bouche, de son sexe. Je désire tout chez lui. Je veux tout. Je veux...

— Mama ? *Baba ?*

La petite voix m'arrache un cri et Damien glisse au pied du lit tandis que je ramène le drap sur mon corps. Il est torse nu et il porte encore son jean. Après avoir fermé le bouton de sa braguette, il tend la main en l'appelant :

— Viens, câlinette. Tu n'arrives pas à dormir ?

Le deuxième étage a été soigneusement aménagé pour les enfants, une bonne initiative, car Lara a pris l'habitude de se promener depuis qu'elle a quitté son lit à barreaux pour un lit d'enfant. En temps normal, nous l'entendons dans le *babyphone*. Ce soir, il faut croire qu'elle a perfectionné sa tactique.

— Allez, viens, dit Damien en la soulevant. Je vais te recoucher.

Il baisse les yeux sur moi et je souris. J'adore le voir tenir notre fillette dans ses bras.

— Je reviens, murmure-t-il. Ne bouge pas.

— Oui, Monsieur.

Dès qu'ils ont quitté la chambre, je m'étire en imaginant qu'il est toujours à côté de moi. Son souffle léger. La chaleur de son corps.

Un instant plus tard, je les entends dans le *babyphone*. Des bruits de pas. Le timbre grave de la voix de Damien qui dépose Lara dans son lit. Puis la musicalité rythmée de ses mots lorsqu'il lui lit un livre de Sandra Boynton.

Je ferme les yeux, bercée par sa douce voix, par l'histoire que Damien raconte à notre fille. Son intonation apaisante.

La dernière pensée qui me traverse l'esprit, c'est combien j'aime cet homme, et quel père incroyable il est devenu.

Quand je rouvre les yeux, la chambre est baignée

de soleil. Pendant un moment, je suis troublée. Puis je comprends et je me redresse vivement.

C'est le lendemain.

Si je suis parfaitement reposée, je me sens un peu frustrée sexuellement. Même si Damien est à la maison ce matin, je sais qu'il est dans son bureau pour une vidéoconférence internationale. Je vais devoir prendre mon mal en patience.

Je soupire.

Parce que j'ai vraiment très envie de reprendre là où nous nous sommes arrêtés.

CHAPITRE 3

Je passe la matinée à nourrir Anne, profitant qu'elle se soit rendormie pour répondre en vitesse à quelques emails avant de prendre une douche rapide.

En sortant, j'enfile un peignoir et je me dirige vers son couffin. Je ne la trouve pas et j'en déduis que Bree est venue la chercher.

Je rejoins ma petite famille dans la cuisine, où j'entends Bree demander à Lara de manger son yaourt et ses Cheerios.

— Comment vas-tu devenir forte et intelligente si tu jettes ta nourriture par terre au lieu de la manger ?

Je franchis l'angle du couloir et je la vois debout, les mains sur les hanches, la tête penchée vers ma fille. Selon Bree, sa mère est une Cherokee pur sang et son père a grandi à Brooklyn, où ses parents juifs ont atterri après avoir échappé au ghetto de Varsovie.

— Je ne sais pas trop ce que ce mélange fait de moi, m'a-t-elle dit lors de son premier jour de travail, alors que nous étions assises à boire du café tout en surveillant Lara.

Je n'aurais pas su lui répondre, mais le résultat est splendide. Elle a des pommettes bien dessinées, des yeux enfoncés et de longs cheveux noirs qui lui donnent un côté sophistiqué et une douceur éthérée.

Âgée d'une petite vingtaine d'années, elle met son cursus universitaire entre parenthèses pendant un an. Elle a trouvé cohérent d'être nounou en attendant de décider ce qu'elle voulait faire ensuite. Nous l'avons engagée quand j'étais en cure de repos forcé, mais après la naissance d'Anne, j'ai pris la relève, exerçant à temps plein le poste de maman. Autant que possible, du moins.

Chaque fois que j'avais des entretiens téléphoniques ou des questions à régler pour la gestion de mon entreprise, Bree, qui logeait dans la maison des invités, venait me donner un coup de main. Ces derniers jours, elle travaille à plein temps. Nous voulions que les enfants aient déjà l'habitude de passer la journée avec elle quand je reprendrais le travail.

— Allez, Lara, insiste-t-elle en prenant la cuillère pour la poser contre les lèvres de ma fille. Goûte un petit peu.

Mais Lara refuse de manger.

Bree s'apprête à essayer de nouveau quand Anne commence à s'agiter.

— Je m'en charge, dis-je.

La pauvre Bree sursaute en m'entendant.

— Je ne vous avais pas vue, Madame Stark.

— Je viens d'arriver, et tu peux m'appeler Nikki. Tu as oublié ?

— C'est vrai, Madame Stark, dit-elle en souriant.

Nous avons déjà eu cette conversation. Je me contente de lever les yeux au ciel, amusée.

— Oh, c'est bien ! s'exclame-t-elle quelques instants plus tard avant d'applaudir lorsque Lara avale toute une bouchée.

Puis elle jette un œil par-dessus son épaule. J'ai pris Anne dans mes bras.

— Vous devez être impatiente pour demain, dit-elle. Et aujourd'hui. Une fête rien que pour vous, histoire de reprendre le travail avec le sourire. J'adore cette idée.

Je change Anne de position pour contempler son adorable minois.

— Oh, ce n'est pas vraiment une fête, tu sais ?

Je regarde ma fille en roucoulant.

— Mais Tante Sylvia et Oncle Jackson seront là, et aussi Tante Jamie et Oncle Ryan.

Jamie et Ryan ne font pas vraiment partie de la famille, mais comme Jamie est ma meilleure amie, elle mérite ce titre.

— Si-via ? fait Lara en agitant sa cuillère, faisant voler les Cheerios. Jé-mi ?

— Oui.

Je m'approche d'elle pour poser un baiser sur sa tête.

— Et dès que tu auras fini de manger, Bree va te mettre une de tes jolies robes.

Ma fille aînée est une vraie petite fashionista, et il faut croire que ma remarque a suffi à la motiver, car les céréales et le yaourt ont retrouvé le chemin de sa bouche.

Bree croise mon regard et je lui fais un clin d'œil.

— Et pour répondre à ta question, oui. Je suis impatiente. Mais il y a un petit côté doux-amer à tout ça.

— Doux-amer ?

Je me contente de hausser les épaules. Comment expliquer ce tourbillon d'émotions conflictuelles qui fait rage en moi et me tiraille en tous sens ?

Parce que la vérité, c'est que j'aime mon métier et qu'il m'a sincèrement manqué. Mais j'adore aussi mes filles et je sais qu'elles vont me manquer.

J'ai l'impression d'être déchirée en deux, et ce n'est pas un sentiment que j'apprécie. Pour ne rien arranger, mes émotions tourmentées sont renforcées par une douleur aux seins, qui se sont mis à couler dès que je me suis approchée de mon bébé. Malheureusement, pour l'instant, elle n'a pas du tout faim.

— Je devrais aller tirer du lait, dis-je en reposant Anne dans son couffin avant de me diriger vers la chambre.

Ça fait des semaines que j'emmagasine du lait maternel à la perspective du lundi qui vient. En général, ce geste me remplit de joie, car il signifie que ma fille n'aura pas à boire du lait maternisé quand je retournerai dans le monde du travail.

Cette fois, pourtant, la tristesse me gagne. Et je me sens un peu perdue.

Je sais qu'il s'agit simplement d'un pincement au cœur à la perspective de reprendre le travail pour la première fois depuis que nos filles sont à la maison, mais ça ne rend pas les choses plus faciles. Et quand je retourne dans la cuisine après avoir tiré mon lait pour découvrir Lara en train de sourire à Bree, une vague de rancune et d'envie manque de me renverser, aussitôt suivie par une profonde culpabilité. Je suis ridicule. Bon sang, c'est mon choix. Alors, qu'est-ce que j'envie, au juste ?

— Ce doit être excitant de reprendre le travail, dit Bree. Tu peux applaudir Maman, Lara ? Dis-le : *hourra pour maman !*

Lara tape sa cuillère en disant :

— Mama ! Mama !

Je suis forcée de déglutir pour refouler les larmes qui me nouent la gorge et menacent de jaillir.

— Sais-tu si Damien est toujours occupé ? demandé-je en m'efforçant de paraître normale.

Là, tout de suite, j'ai besoin de Damien, encore plus que d'oxygène pour vivre.

— Il est monté voir les petites et il a dit qu'il allait faire un peu de sport avant l'arrivée des invités.

Je hoche la tête, puis j'embrasse mes filles avant de descendre au rez-de-chaussée. Il n'est pas dans la salle de musculation. Je m'apprête à jeter un œil à la piscine quand je décide plutôt d'aller voir dans la salle de bain. En général, il prend sa douche à l'étage, à côté de la chambre principale, mais quand il s'accorde une séance express, il lui arrive parfois de se changer en bas.

Comme je m'y attendais, en pénétrant dans l'immense salle de bain luxueuse, j'entends le jet d'eau. Je ne le vois pas encore. C'est une douche à l'italienne, et une cloison nous sépare.

Je m'avance, puis je m'immobilise. Je retiens mon souffle devant la vue incroyable que m'offre cet homme parfait, heureuse de savoir qu'il m'appartient.

Il est tourné vers le mur du fond, la tête penchée. L'eau d'un des six pommeaux de douche ruissèle sur son visage. Je sais par expérience que ses yeux sont fermés. Il passe les doigts dans sa chevelure d'un noir de jais pour rincer le shampooing.

Un reste de mousse tombe en cascade le long de

son corps, des bulles lisses qui glissent sur les muscles saillants de ses bras, de ses épaules et de son dos. Damien n'est peut-être plus un tennisman professionnel, mais il ne s'est jamais laissé aller. Je m'appuie contre le mur carrelé et je le regarde. Cet homme représente bien plus à mes yeux que sa seule beauté physique. Il n'est que force et intelligence, autorité et tendresse. C'est un modèle d'honneur et de puissance, d'acharnement et de loyauté.

Et il m'aime.

Il m'aime tellement, à vrai dire, qu'une infime partie de mon être se demande comment il peut lui rester assez de sentiments pour nos enfants. Pourtant, il en regorge. Il y en a plus qu'assez et j'ignore ce que j'ai bien pu faire pour le mériter. Je voudrais que rien ne change. Cet homme est un miracle.

Plus encore, il est à moi.

Fascinée, je le regarde poser les paumes sur le mur devant lui, laissant le jet d'eau frapper sa peau. Cette position contracte les muscles de ses cuisses et de ses fesses. J'ai beau adorer ce spectacle, je n'y tiens plus. Mon corps palpite encore de la soirée passée et je risque la surchauffe.

Je dénoue mon peignoir et le laisse tomber sur le sol sans prendre la peine de le suspendre à la patère. Puis je me dirige lentement vers lui, sans un bruit. Je me moule contre son dos et glisse les mains sur ses hanches, suivant la ligne de son bassin jusqu'à trouver son sexe. Il est humide et glissant, et je referme les doigts autour de lui avant de le caresser dans un mouvement régulier. Quand je le sens durcir en réaction, mon propre corps se manifeste.

— Attention, murmure-t-il. Ma femme pourrait entrer et nous surprendre.

— Elle a de la chance. Comment savais-tu que j'étais derrière toi ?

Évidemment, je ne l'ai pas surpris. À l'exception de son érection, il n'a pas réagi quand je l'ai touché. Au contraire, on aurait dit qu'il s'y attendait.

— Ma chérie, tu devrais le savoir depuis le temps.

Il se retourne dans mes bras et son sexe rigide se plaque contre mon ventre.

— Tu fais partie de moi. Comment pourrais-je te perdre de vue ?

Ses mots me font fondre et je passe les mains dans ses cheveux, attirant sa tête pour un baiser. D'abord, il est doux, puis fougueux. J'ai tellement besoin de lui, de ses mains sur moi, de sa queue en moi. Tout le désir de la veille me revient avec force, ajoutant une couche d'envie éperdue à l'embrasement de mon corps sous ses baisers, à la sensation de sa peau nue contre la mienne.

En d'autres termes, je ne suis qu'une furie en manque de sexe.

— Damien... murmuré-je lorsqu'il interrompt le baiser.

— Bonjour, dit-il en souriant. Tu es fraîche et disposée ce matin.

Je fais la grimace.

— Désolée d'avoir gâché la soirée, hier. Je ne me

rendais pas compte que j'étais aussi fatiguée. Tu es parti, et ça m'est tombé dessus.

— Bébé, comment aurais-tu pu gâcher quoi que ce soit ? Et si tu es fatiguée, c'est parce que tu es maman maintenant. La mère de mes filles.

Son doigt explore mon corps, de mon cou jusqu'à mon clitoris. Je me liquéfie presque quand il reprend la parole.

— Si tu savais comme je trouve ça sexy !

Je le regarde par en dessous et lui réponds à mi-voix :

— Alors, montre-le.

Sa bouche esquisse un sourire.

— C'est un défi que je veux bien relever.

Ses mains glissent sur moi. En même temps, il me retourne. Damien est à nouveau sous le pommeau de douche tandis que je lui tourne le dos, face au mur. Dur comme la pierre, son sexe vient effleurer mes fesses.

La vapeur nous enveloppe. Nos corps sont lisses et mouillés. Quand il me demande de me pencher, posant mes paumes contre le mur, je m'exécute et j'écarte les jambes. Sa main caresse ma fesse rebondie avant de s'aventurer entre mes cuisses pour me découvrir brûlante, moite et prête à le recevoir.

— C'est bien, chuchote-t-il en enfonçant ses doigts.

Bientôt, je me presse contre sa main, submergée par le besoin de me sentir remplie.

— S'il te plaît, dis-je d'un ton implorant.

— S'il me plaît *quoi* ? répond-il avec humour.

— Baise-moi, Damien. Je veux te sentir en moi.

L'une de ses mains remonte vers ma poitrine et il se penche sur moi pour murmurer à mon oreille :

— Avec plaisir, bébé.

Ses mots résonnent encore à mon esprit quand son autre main vient caresser mon clitoris. Ses doigts m'entraînent vers le plaisir. Il libère ma poitrine et continue ses caresses impitoyables, en m'écartant les fesses pour frotter sa queue contre mon périnée.

Je pousse un gémissement et je me cambre, écartant les jambes pour lui faire comprendre – ou du moins je l'espère – que j'ai envie qu'il me prenne sans plus attendre.

Enfin, heureusement, il me pénètre. Son sexe s'enfonce à peine et je dois me mordre la lèvre inférieure pour retenir un cri de frustration. J'ai beau être tenaillée par le désir de le sentir en moi, le corps palpitant d'impatience, je ne peux nier que cette lente torture est un délice absolu.

Bientôt, je n'y tiens plus et je donne une impulsion contre le mur pour venir m'empaler contre lui.

— Oui, Nikki. Oh oui, c'est ça ! s'écrie-t-il en agrippant mes hanches à deux mains pour mieux s'ancrer en moi.

Il me serre contre lui et s'enfonce encore plus profondément. Lentement. Avec régularité. Puis il accélère le rythme. On croirait presque que la buée dans cette douche n'est pas produite par l'eau, mais par notre passion qui redouble d'ardeur, de plus en plus torride, jusqu'à ce que nous n'ayons plus d'autre choix que l'extase. Je me laisse aller à crier, mes genoux se dérobent et je glisse sur le sol dans les bras de Damien.

Il me soutient contre le mur. Le jet du pommeau de douche fait pleuvoir un rideau à côté de nous et un cocon de vapeur chaude enveloppe nos corps entremêlés.

— Waouh ! dis-je en me pelotonnant. Je pourrais rester ici toute la journée.

— Moi aussi, murmure-t-il avant de m'embrasser.

Il se lève et coupe l'eau en ajoutant :

— Mais nos invités vont bientôt nous attendre au bord de la piscine.

— C'est vrai. Et nous risquons de friper comme des pruneaux.

Il éclate de rire en sortant de la cabine. Quand il s'empare d'une serviette blanche pelucheuse et l'enroule autour de ses hanches, je le trouve si absolument et si parfaitement sexy que j'en ai le souffle coupé. Il prend une autre serviette sur le support chauffant et revient vers moi pour m'emmitoufler dans sa douce chaleur.

Je soupire tandis qu'il me sèche.

— Quelle heure est-il, au fait ? demandé-je.

— L'heure de s'habiller. À moins que tu penses à un tout autre genre de fêtes.

— Hors de question. Je ne te partage avec personne, Monsieur Stark. Tu n'as pas intérêt à l'oublier.

Il sourit.

— Ma chérie, je ne demande rien d'autre.

CHAPITRE 4

— C'est un vrai petit homme, dis-je à Sylvia.

Nous regardons Jeffery s'ébattre dans le petit bassin de la piscine avec sa cousine Lara, des brassards jaunes gonflables autour des bras.

— Et Ronnie, un poisson dans l'eau.

— Je sais, répond-elle avec un sourire radieux. Ronnie est convaincue d'être une grande. Et maintenant, Jeffery s'intéresse à tout. J'ai raté ces moments avec Ronnie, alors c'est toute une aventure.

Je jette un œil vers son mari, Jackson Steele. Il est assis au bord de la piscine et surveille les petits.

Comme son demi-frère, Damien, il a cette beauté fière des guerriers du monde des affaires. Mais à la différence des yeux vairons presque hypnotiques de Damien, l'un noir et l'autre ambré, ceux de Jackson sont d'un bleu de glace. Sa fille Ronnie, une élève de CP plutôt précoce, tient de lui son caractère intrépide et assuré. J'en veux pour preuve les sauts à répétition qu'elle exécute depuis le plongeon.

— Tu auras la même expérience, dit-elle. Tu pourras faire avec Anne ce que tu as raté avec Lara.

— Je sais. Mais c'est bizarre, parce que je n'ai pas l'impression d'avoir raté quelque chose avec elle, même si elle a passé vingt mois sans Damien et moi.

Syl affiche un grand sourire en regardant le plongeoir.

— Je vois exactement ce que tu veux dire.

— Maman ! s'exclame Ronnie en agitant frénétiquement la main. Regarde-moi ! Regarde-moi !

Elle se pince le nez et esquisse un petit saut avant de bondir dans le grand bassin.

— Je te jure que cette gamine sera biologiste marine. Elle vivrait dans la piscine si on la laissait faire.

Juste avant l'adoption de Lara, Jackson et Syl ont fait creuser une piscine dans leur jardin, à Pacific Palisades. Comme la nôtre, c'est une piscine à débordement qui donne l'illusion de nager dans le vide. Ou en tout cas, dans le Pacifique. Et je crois bien qu'à chacune de nos visites, j'ai toujours vu Ronnie au bord de cette piscine.

Damien nous fait signe depuis le bar, où il discute avec son meilleur ami, chef de la sécurité chez Stark International, Ryan Hunter.

— Non, ne te lève pas, dit-il quand je commence à me redresser. Dis-moi ce que tu veux, banane ou fraise ?

— Fraise.

Comme par magie, quelques instants plus tard, je savoure un daiquiri sans alcool pendant que Sylvia sirote son vin rouge.

Jamie arrive juste à temps pour recevoir son propre verre de cabernet et un baiser de la part de son mari, Ryan.

— Désolée, dit-elle en me remettant un petit paquet emballé dans un papier rose. Je l'avais oublié dans la voiture.

— C'est pour moi ?

— Pour Lara.

Je porte le paquet léger à mon oreille et je le secoue, mais je n'entends absolument rien.

— Bon, je donne ma langue au chat. Qu'est-ce que tu lui offres ? De l'air ?

— Des chaussons rembourrés, dit-elle. Pour être exacte, ce sont des mocassins de bébé en peau de mouton.

— Oh, formidable, dit Sylvia. Ce sera une excellente transition avant les vraies chaussures.

— C'est ce que je me disais, confirme Jamie.

Mon cœur se serre.

— C'est merveilleux.

Malgré nos moyens démesurés, lui faire porter des chaussons de bébé pendant les premiers mois suivant l'opération ne m'avait pas effleuré l'esprit.

Lara était l'un des enfants avec un problème de santé « placés en attente » dans le système d'adoption chinois. Elle souffrait de polydactylisme – des doigts ou des orteils en trop. Dans son cas, il s'agissait d'un orteil supplémentaire qui poussait sur le côté, après son petit doigt, à chacun de ses pieds. Ce n'était rien de très grave, mais elle ne pouvait pas porter de chaussures.

Elle a été opérée pour arranger cela il y a deux mois. À présent, elle a guéri, mais nous ne lui avons pas encore mis de véritables chaussures. Et Jamie a raison. Un chausson de type mocassin sera la paire de transition idéale.

Je jette un œil vers Lara, songeant à l'appeler pour qu'elle puisse ouvrir son cadeau, mais Jamie secoue la tête.

— Nous avons toute la journée. Je tiens absolument à voir Damien et Ryan se charger des grillades ce soir. Alors, elle a tout le temps de profiter des débordements d'amour de Tante Jamie. Pour l'instant, trinquons, ajoute-t-elle en levant son verre pour porter un toast. À Nikki. À son entrée dans le monde dément des mamans actives et des nounous à domicile.

Nos verres s'entrechoquent et je souris avant de boire une gorgée, comme le veut la coutume. Pourtant, je me sens mélancolique. Ces derniers mois, j'ai emmené Lara et Anne dehors presque tous les jours. J'ai installé à l'ombre le berceau d'Anne et je me suis baignée avec Lara. Quelquefois, Anne se joignait à nous, son petit visage exprimant toutes sortes d'émotions impayables chaque fois qu'elle pataugeait dans ce qu'elle devait considérer comme une immense baignoire.

J'ai un milliard de photos sur mon téléphone, prises à chaque seconde de chaque minute de chaque heure de chaque jour. Et à partir de demain, de longues périodes de temps ne seront plus immortalisées.

Bien sûr, j'en aurai un aperçu. Bree prendra des photos et nous avons des caméras de surveillance dans les chambres des enfants. Mais ce n'est pas la même chose. Loin de là.

Je soupire et Syl pose la main sur mon genou avec un sourire tendre. Elle ne dit rien, mais je suis certaine qu'elle sait où mon esprit a dérivé. Elle aussi est maman.

Jamie, en revanche, retire son t-shirt pour se prélasser sur l'une des chaises longues, en short et haut de bikini.

— Tu te mets à l'aise ? dis-je en riant.

— J'ai demandé à Ryan si on pouvait habiter ici avec vous, mais va savoir pourquoi, il n'a pas l'air d'apprécier cette idée.

Elle baisse ses lunettes pour pouvoir me regarder par-dessus la monture.

— Alors, comme tu me le dis tout le temps, je fais comme chez moi.

— Je t'aime, James, dis-je avec affection, employant son surnom de toujours.

— Moi aussi, Nicholas.

— Bon, dis-je en me levant. Je vais rejoindre les

enfants. Syl ?

— Avec plaisir.

Je me dirige vers le petit bassin pour relever Jackson de ses fonctions. Dès que Sylvia a obtenu un baiser de sa part, elle plonge dans le grand bain pour jouer aux bâtons en mousse avec Ronnie.

En fin de compte, nous passons une merveilleuse journée de détente qui se termine autour du brasero, une fois que les enfants sont endormis et que les couples se sont reformés. Quand tout le monde s'en va, je me glisse dans le lit à côté de Damien, épuisée, mais heureuse.

Bien sûr, le matin arrive beaucoup trop vite. Même si je n'ai pas bu d'alcool la veille, je suis fatiguée d'avoir passé la journée au soleil. Une douche brûlante et deux tasses de café suffisent à peine à me rendre un semblant de vie.

— Quelle heure est-il ? demandé-je en m'appuyant contre le plan de travail.

Je me demande si l'un des génies qu'emploie Damien dans ses laboratoires de recherche ne pourrait pas inventer un système d'injection de caféine par intraveineuse rien que pour moi.

— Un peu plus de huit heures, dit-il.

Je pousse un juron à mi-voix.

— Je dois filer. J'ai dit à Éric et à Abby que j'arriverais à neuf heures et demie.

Je reviens en trombe dans la chambre pour m'habiller et me maquiller en un temps record. Mes cheveux sont encore humides au sortir de la douche, mais je décide de les laisser sécher à l'air libre afin d'avoir quelques minutes de plus avec les enfants avant de me préparer un café pour la route. Je fais un câlin à Anne, puis je m'accroupis et prends Lara dans mes bras.

— Maman, bye-bye ?

— Pas longtemps, lui dis-je avec un ton joyeux même si le cœur n'y est pas. Je dois aller travailler. Bree reste avec vous aujourd'hui.

— Maman, reste ! demande-t-elle.

J'ai l'impression de recevoir une flèche en plein cœur.

— Reste avec Lara !

Ma gorge se noue et je l'attire contre moi.

— Je reviens vite, ma chérie ! promets-je.

Elle ne pleure pas, mais son pouce remonte par réflexe à sa bouche et elle cligne ses yeux noirs en prenant la main de Bree.

Je dois faire un effort héroïque pour réussir à quitter la maison. Malgré le long trajet en voiture jusqu'à Studio City, son image s'attarde encore à mon esprit quand j'arrive au bureau – avec quinze minutes de retard à cause de la circulation.

— Je suis désolée, je suis désolée ! dis-je en ouvrant à la volée la porte de mes locaux, composés de trois bureaux et d'une salle de réception.

J'ai quitté mon bureau simple pour emménager dans ce nouvel espace au même étage, quelques semaines après que Damien et moi avons décidé d'adopter. J'avais besoin de place supplémentaire pour Éric et Abby. Et puis, ce déménagement correspondait à mon intention de récupérer tout l'étage et d'embaucher cinq employés avant la fin de l'année.

J'ai des projets pour ma société depuis que j'ai conçu ma toute première application pour smartphone. Et même avant. Ma mère est une garce authentique, qui a tenté de me convaincre que je n'étais bonne que pour les concours de beauté et la vie d'épouse modèle. Elle se fichait bien de mon goût pour la science et elle m'a regardée de haut quand j'ai décroché un double diplôme en programmation informatique et ingénierie électrique.

Et quand l'automutilation a mis un terme à la carrière de reine de beauté que je détestais tant, elle a juré que je n'étais qu'une égoïste pourrie gâtée qui n'arriverait jamais à rien dans la vie.

Je crois que je lui ai prouvé exactement le contraire, même si pour l'instant je n'ai que trois employés et un coin d'étage. Étant donné qu'entre-temps, j'ai fondé une famille, je suppose que ce n'est pas si mal.

— Ils sont dans le bureau d'Abby, me dit Marge,

ma troisième employée, derrière le bureau d'accueil.

Autrefois, c'était la réceptionniste de tout l'étage. Puis je l'ai engagée en tant qu'assistante à temps partiel. Et quand j'ai changé de bureau, je lui ai demandé de m'accompagner. Maintenant, elle travaille exclusivement pour moi, et si je ne suis pas devenue folle ces huit derniers mois, c'est essentiellement grâce à elle.

— La circulation était terrible, dis-je en posant mon sac dans sa main tendue.

Je prends une grande inspiration, serre un peu plus fort le porte-documents qui contient ma tablette électronique et mes notes, puis j'entre dans le bureau d'Abby.

Elle est grande et mince. Ses cheveux blonds lui arrivent aux épaules, un peu comme les miens, mais avec plus de boucles. Ils rebondissent quand elle marche, et avec son visage juvénile et son enthousiasme permanent, elle me fait penser au personnage d'*Alice Détective*.

Elle est perchée au bord de son bureau. En face d'elle, assis sur une chaise, Éric feuillette une revue spécialisée. Ils lèvent tous les deux la tête quand j'entre, Abby avec un sourire radieux et Éric avec un geste de la main, le visage chaleureux.

— J'ai tout préparé, me dit Abby en me remettant un classeur. Les dernières infos sur tous les comptes. Des remarques sur la dernière mise à jour de l'interface Greystone-Branch et… à peu près tout le reste.

Elle jette un œil vers Éric, comme pour lui passer le micro. Il s'agite sur son siège, visiblement mal à l'aise. C'est curieux, car cette attitude est aux antipodes de sa personnalité habituellement avenante. Éric est doué pour la technique, mais ses véritables compétences portent davantage sur le développement commercial, alors qu'Abby adore passer ses journées assise devant son ordinateur. Elle est donc devenue mon bras droit sur les questions techniques, tandis qu'Éric est ma référence en matière de relations avec la clientèle et de développement d'affaires.

Mon ventre se noue. Je crains que nous ayons perdu un client, ce qui expliquerait son air gêné.

Mais je me trompe. C'est encore pire. Éric m'annonce :

— Oui, je sais que c'est un peu brutal, mais j'ai bien peur de devoir donner ma démission.

Je me laisse tomber sur l'autre chaise du bureau d'Abby. Quand je me tourne pour croiser son regard, elle a l'air tout aussi étonnée que moi.

— Mais… commencé-je avant de prendre une profonde inspiration. Mais je croyais que tu aimais travailler ici.

Ma société est modeste, mais elle tourne bien. Elle leur permet, à Abby et à lui, de gagner en expérience et en publicité. J'aurais adoré travailler pour quelqu'un comme moi quand j'ai débuté. Dire que je suis sous le choc serait un euphémisme.

C'est un choc *et* un problème. Parce que je ne peux pas gérer cette société uniquement avec Abby. Pas si je veux qu'elle se développe comme j'en avais l'intention.

Pas si je compte rester présente auprès de mes filles comme je le souhaite.

Un sentiment proche de la panique s'empare de moi et je me tourne vers lui, consciente de passer pour une désespérée. Au point où j'en suis, ça m'est égal.

— Tu en es sûr ? Éric, pourquoi ? Je croyais que tu adorais bosser ici.

— C'est le cas, dit-il.

Je remarque une véritable frustration et de la tristesse sur son visage quand il passe ses doigts dans ses cheveux blonds et courts.

— Je te jure que je n'avais pas l'intention de partir, mais un ami à moi a vanté mes mérites auprès de son patron et, eh bien, j'ai reçu un appel et… disons que c'est une opportunité exceptionnelle.

Il s'empresse d'ajouter :

— Je sais que c'est un très mauvais timing, mais je dois être à New York dès lundi. Je suis vraiment désolé, Nikki. Mais aujourd'hui, c'est mon dernier jour.

— Promets-moi que tu ne partiras pas, dis-je à Abby une fois que nous sommes seules dans mon bureau.

Nous venons de passer quatre heures avec Éric, reprenant chaque élément de sa fiche de poste. Nous nous sommes assurés que tous ses dossiers clients étaient en ordre. Maintenant, il est dans son bureau en train de rassembler ses affaires tandis qu'Abby et moi essayons de trouver une solution pour la suite.

Ou, pour être précise, c'est moi qui essaye de trouver une solution pour la suite. Pour l'essentiel, je cherche à venir à bout de cette journée et à encaisser le choc. Par chance, il n'y a aucun problème avec la clientèle et si nous parvenons à maintenir ce statu quo pendant une semaine ou deux, alors je pourrai trouver un remplaçant à Éric, retrouver mon rythme de croisière et remettre ma société sur les rails.

— Tu plaisantes ? s'exclame Abby. Je n'irai nulle part. C'est vrai, ça craint qu'Éric nous ait annoncé la nouvelle comme ça, mais il faut bien reconnaître que ça m'ouvre une opportunité géniale.

Malicieuse, elle affiche un sourire jusqu'aux oreilles.

Je souris à mon tour.

— Tu crois ?

— Bien sûr. Ça me donne l'opportunité de me rendre indispensable. Regarde, je prends la relève, et tu te rends compte que tu ne peux plus vivre sans moi. Je suppose que j'aurai une augmentation, une promotion et peut-être une Ferrari comme prime de Noël.

J'éclate de rire.

— Abby, voilà pourquoi tu es mon employée préférée dans le département technique.

Elle ricane. Évidemment, nous savons toutes les deux que c'est la seule employée dans ce département pour l'instant.

— Sérieusement, merci ! lui dis-je.

Elle hausse les épaules.

— Ne t'inquiète pas, Nikki, répond-elle. Tu vas assurer.

Tant qu'elle est dans mon bureau à me remonter le moral, je crois qu'elle a raison. Mais dès qu'elle s'en va, mon assurance se désagrège. Bon sang, mais comment vais-je réussir ? D'autant plus qu'Abby, aussi motivée et vive qu'elle soit, n'a pas les compétences pour se rendre indispensable. En tout cas, pas dans le domaine du développement de la clientèle.

Ce qui signifie que cette tâche me revient. Les appels téléphoniques. Les déplacements. Les conversations inévitables dans les cocktails et les dîners. Toutes ces choses auxquelles Éric excellait. Certes, je peux le faire, mais quand ? Le soir, après la tétée d'Anne ? Avant l'histoire de Lara à l'heure du coucher ?

Et que faire de ces petits soucis à régler au quotidien ? Enfin, c'est vrai. Ça ne fait même pas une journée et Éric m'a déjà laissé une liste. Sans parler de tous les coups de fil que je dois passer aux clients pour leur annoncer que je prends personnellement en charge leurs dossiers en attendant qu'un employé encore plus compétent qu'Éric reprenne les rênes.

Ce contretemps me plombe l'estomac.

J'adore mon métier, mais si je me suis lancée là-dedans, c'était pour l'aspect technique. Parce que je créais des applications web et mobiles du tonnerre, dont les revenus des ventes sur les différentes plateformes m'avaient permis de rembourser une grande partie de mes emprunts étudiants. C'était ce que je voulais continuer à faire, mais à plus grande échelle. Je voulais la liberté de diriger ma société comme je l'entendais. Alors, je me suis concentrée sur l'aspect commercial de la question et, une fois prête, j'ai lancé ma petite société en m'appuyant sur l'expertise de Damien, mais pas sur son argent.

Ce n'est qu'après avoir consolidé les bases de ma société que j'ai cédé à Stark International une licence de mon application web pour la prise de notes. Le produit est excellent, je dois dire, et comme il est utilisé dans tous les bureaux et les filiales de Stark International, j'en dégage des bénéfices conséquents. Bien sûr, cela nous demande de passer beaucoup de temps en maintenance, pour mettre en place des mises à jour et diagnostiquer les pannes.

J'avais déjà prévu d'embaucher plus de personnel, mais je ne comptais pas le faire tout de suite. Avec le départ d'Éric, cependant, je n'ai plus le choix. À deux, Abby et moi sommes capables d'assurer le service pour Stark International et de gérer les problèmes éventuels avec les applications et les produits que j'ai conçus pour d'autres clients. Mais nous ne pouvons pas accepter de nouvelles missions.

Et sans nouveaux clients, Fairchild Development ne peut pas se développer.

Je pose les coudes sur mon bureau, enfouissant mon visage dans mes mains. *Et merde.*

Je suis en train de m'apitoyer sur mon sort quand l'alarme de mon téléphone se met à sonner, pour me rappeler que j'ai promis à Jamie d'aller boire un verre avec elle à dix-sept heures – sans alcool pour moi – histoire de lui raconter ma journée de rentrée. Je consulte mon téléphone et constate qu'il est déjà seize heures trente.

Deux fois merde.

Je suis sûre qu'elle est déjà en chemin, mais je m'empresse de lui téléphoner pour annuler. J'ai horreur de me décommander à la dernière minute, mais je compte me faire pardonner avec un cadeau. Je lui ouvrirai notre maison de Lake Arrowhead, et sa cave à vin, pour un week-end en amoureux avec Ryan.

Dès que je prends mon téléphone, il se met à sonner et je réponds sans vérifier le numéro, persuadée qu'il s'agit de Jamie. C'est Sylvia.

— Je viens aux nouvelles. Comment se passe ton premier jour ?

— Pas génial… dis-je avant de lui parler de la démission d'Éric.

— Oh, ça craint, compatit Sylvia sans y mettre les formes. Je peux faire quelque chose pour t'aider ?

— Tu pourrais engager une équipe solide comme le roc et la former pour moi ?

— Ah, non, pas vraiment. Je pensais plus à quelque chose comme une livraison de chocolat.

— Ça fera l'affaire, dis-je.

Nous éclatons de rire, puis je reprends :

— Honnêtement, je ne sais pas comment tu as fait. Surtout quand Jeffery était tout petit. Hier, je me disais que tout irait bien, mais aujourd'hui j'ai l'impression d'avoir été amputée.

— Ça s'arrange avec le temps, m'assure-t-elle, même si ça n'est jamais facile.

Je me carre dans mon fauteuil, contente qu'elle ne cherche pas à enjoliver la réalité.

— Mais je n'échangerais ma place pour rien au

monde, poursuit-elle. Je me suis tellement démenée pour ce boulot.

C'est vrai. Quand elle a commencé, elle était assistante de direction pour Damien, mais elle voulait une carrière dans l'immobilier et elle s'est battue bec et ongles pour y arriver. Et en cours de route, elle a même gagné Jackson.

— C'était un peu plus facile que pour toi, ajoute-t-elle. Ronnie avait déjà une nounou avant même que j'épouse Jackson. Et il travaille beaucoup à la maison.

Jackson est un architecte très prisé. S'il développe lui aussi son activité, la branche commerciale est exclusivement gérée par ses employés, si bien qu'il peut passer des heures à sa table de dessin pour créer les bâtiments de génie ultramodernes qui ont fait de lui un véritable « starchitecte ».

D'ailleurs, Syl aussi est assez souple. Elle est chef de projet pour Stark Immobilier, et bien qu'elle dirige toute une équipe, ses horaires sont flexibles et elle peut déléguer. Mais moi ? J'ai déjà l'impression d'être coincée derrière ce bureau. Parce que même si j'embauche plus de personnel, je vais devoir les former. Et ça ne fera que rogner mon temps précieux.

Chez Stark International, il y a un département des ressources humaines pour cette tâche spécifique. Ici, il n'y a que moi.

— Je comprends, me dit Syl quand je lui explique mon ressenti. Mais je reste persuadée que ça va s'arranger. C'était ton premier jour dans le grand bain, Nik, et il faut croire qu'il n'était pas de tout repos. Relâche la pression. Je te promets, tu vas assurer.

Ses paroles font leur chemin dans ma tête quand je raccroche. *Tu vas assurer.*

C'est aussi ce que m'a dit Abby. Vraiment ? Malgré leur confiance, j'ai toujours l'impression d'être un surfeur sur une mer déchaînée, qui déploie tous ses efforts pour ne pas finir à l'eau.

Je suis en train de parcourir mes emails quand Abby m'annonce qu'elle rentre chez elle et qu'elle emporte une tonne de travail. Comme Marge est partie à dix-sept heures, elle me promet de tout fermer à clé. C'est pourquoi je sursaute lorsque ma porte s'ouvre quelques minutes plus tard.

Je lève les yeux, persuadée que c'est encore Abby qui a oublié de me poser une question ou de me dire quelque chose.

À la place, je découvre Jamie.

— Oh, zut ! m'exclamé-je.

— Moi aussi, je suis contente de te voir, répond-elle en riant.

— Excuse-moi, dis-je aussitôt, la mine contrite. Je voulais t'appeler pour annuler, mais ça m'est sorti de la tête. Tu me détestes ?

— Oui, dit-elle comme la meilleure amie qu'elle est. Je te déteste farouchement.

Elle se laisse tomber sur le petit canapé de mon bureau.

— Alors ? Ça s'est passé comment ?

— Bien…

Je n'ai pas envie de ressasser mon désarroi, pas même avec Jamie.

— Dur dur, pas vrai ? dit-elle.

Mes épaules s'affaissent de soulagement. Bien sûr, elle comprend. Jamie me comprend tout le temps.

— Syl me jure que ça va s'arranger.

— Eh bien, étant donné que je n'ai pas d'enfants...

— Pas encore, dis-je.

Jamie lève les yeux au ciel. Avec Ryan, elle est en pleine lune de miel, et même si je sais qu'il serait partant pour fonder une famille tout de suite, il est tout simplement heureux d'avoir enfin réussi à épouser Jamie.

— *Étant donné que je n'ai pas d'enfants*, répète-t-elle, je n'ai pas mon mot à dire. Mais elle doit savoir ce qu'elle dit.

— Oui, réponds-je sans conviction avant de soupirer. Ça te dérange si on ne prend pas l'apéritif ensemble ?

Elle désigne mon bureau d'un mouvement de tête.

— Trop de boulot ?

— Oui, dis-je avec sincérité. Mais j'ai surtout envie de rentrer chez moi et de retrouver mes enfants.

Il faut croire que l'*envie* ne suffit pas, car ma volonté n'a pas le pouvoir de rendre la circulation plus fluide. Et quand je fais enfin irruption chez moi, c'est pour découvrir la mine dépitée de Bree.

— Je voulais éviter qu'elle s'endorme, Madame Stark. Mais nous avons eu une journée bien occupée et elle s'est écroulée juste après son bain.

— Ce n'est rien.

Je suis frustrée, mais je comprends. Il n'est que dix-neuf heures trente, mais je sais bien que ma petite fille se couche souvent avant vingt heures.

— Anne aussi ?

— Oui, Madame. Elle s'est endormie sans problème. C'était un bébé modèle aujourd'hui. Pas le moindre souci.

— C'est formidable !

Malgré tout, un petit diable au fond de moi aurait aimé savoir que mes filles ont réclamé ma présence. Et j'aurais vraiment aimé voir leurs petits visages s'illuminer en me voyant franchir le seuil.

Je sais déjà que Damien rentre plus tard que moi, car il m'a appelée alors que j'étais coincée dans la circulation. Je donne congé à Bree et je vais jeter un œil sur mes deux filles. J'ai envie de les réveiller, de les câliner, mais je les laisse dormir et je me contente de contempler le mouvement régulier de leur respiration.

Ensuite, je prends une douche rapide, j'enfile un pantalon de yoga et un t-shirt, et je m'étends sur notre beau lit en fer forgé, entourée de documents à étudier.

C'est dans cette position que Damien me retrouve. Je devrais travailler d'arrache-pied, mais je dors déjà à poings fermés.

— Salut, me dit-il en déposant un baiser sur mon épaule. Longue journée ?

Alors que je reviens péniblement à l'état conscient, il rassemble mes papiers et les pose sur la table de chevet, à côté du verre de vin qui s'y trouve déjà. Il me le tend. J'essaie d'éviter l'alcool depuis que j'allaite, mais j'ai fait quelques recherches et apparemment, je peux en boire un peu si je laisse passer du temps avant de tirer du lait ou de nourrir Anne.

— La plus longue du monde, dis-je.

Je prends une gorgée avec satisfaction et je m'allonge contre lui, le dos soutenu par une pile d'oreillers entassés sur le mur. Je lui raconte toute ma journée, dont le point culminant est bien sûr le départ inattendu d'Éric.

— Tu peux toujours gérer une croissance continue, me dit-il.

Sa loyauté redonne un coup de fouet à ma confiance en moi.

— Mais tu peux aussi te contenter de maintenir le cap, si c'est ce que tu souhaites. Ou même réduire les effectifs si c'est plus pratique.

Je le repousse en fronçant les sourcils, un étau dans la poitrine.

— Quoi ?

— Je dis simplement que tu n'es pas obligée de te tuer à la tâche.

Cette fois, je me redresse.

— Excuse-moi ? Et pourquoi ? Parce que tu peux subvenir à nos besoins ?

— C'est vrai, je peux subvenir à nos besoins. Mais ce que je...

— Alors, je suis censée me sentir coupable de vouloir travailler pour la simple raison que tu gagnes des milliards ?

Bon sang, il *sait* à quel point mon travail est important pour moi. Il sait que j'ai travaillé dur pour monter ma propre société, sans accepter d'argent de la part de Stark International.

Il me regarde comme si j'étais une hyène sauvage.

— Ce n'est pas du tout ce que je dis.

— Peut-être, mais j'en ai bien l'impression !
rétorqué-je. *M'en contenter*, mon cul.

— Nikki…

— Combien de fois a-t-on discuté de mon
entreprise ? dis-je sèchement. De son
développement ? De me faire une vraie place
dans le monde de la technologie ? Tu sais ce
pour quoi je travaille, Damien. À combien de
conférences m'as-tu accompagnée ? Et tu ne m'as
pas tenu la main quand j'ai affronté Dallas pour
décrocher le contrat Greystone-Branch ?

J'ai grandi là-bas et ce voyage n'a pas été facile,
bien qu'à de nombreux égards, ce soit grâce à
mon retour à Dallas que nous avons nos filles à
présent.

— Le monde ne changera pas, me dit-il. Pas plus
que ton talent. Tu pourras toujours réussir dans
quelques mois, l'année prochaine ou dans
cinq ans.

Je me hérisse.

— Ce n'est pas avec ce genre d'attitude qu'on fait

prospérer une entreprise, et tu le sais aussi bien que moi.

— Oh, bébé, dit-il sur un ton apaisant que j'aurais trouvé adorable en temps normal, mais qui ne fait que m'agacer encore plus. Tout ce que je dis, c'est que tu n'es pas obligée de tout faire. Si Éric a laissé des choses inachevées, tu devrais peut-être t'en passer.

— C'est comme ça que tu as bâti Stark International ?

Il prend une profonde inspiration.

— Je n'avais pas encore de famille à l'époque. Maintenant, je ne suis plus seul.

Je penche la tête.

— Et San Diego un samedi ? demandé-je en faisant référence à son obligation du week-end dernier, quand il a été contraint de s'éclipser en urgence pour gérer une crise.

Je sais que je me comporte comme une peste, mais ça m'insupporte qu'il puisse sous-entendre que Stark International est plus important que Fairchild Development. C'est peut-être vrai d'un point de vue empirique, mais Fairchild Development est primordial à mes yeux. J'ai fondé cette société et je veux la faire prospérer.

En cet instant, malgré la présence de Damien à mes côtés, je me sens atrocement seule.

— Nikki…

— C'est bon, dis-je en levant la main. Ne… c'est bon.

Je me faufile hors du lit et il me prend les doigts, comme pour m'attirer à lui.

— Je vais voir les enfants, dis-je en dégageant ma main de la sienne.

Je prends une grande inspiration et je m'éloigne. Je me sens un peu perdue, car Damien n'est plus là alors qu'il a toujours été la boussole qui me ramenait à bon port.

Ce soir, cette boussole, ce sont mes enfants, et je jette un œil dans le couffin d'Anne, sur sa petite silhouette endormie, avant de rejoindre la chambre de Lara au bout du couloir. Elle serre Chaton dans ses bras. Je la contemple, innocente et parfaite, et je déglutis pour chasser la boule dans ma gorge. Au même moment, je me rends compte que je me suis mise à pleurer.

Avec humeur, je sèche mes larmes et je me blottis à côté d'elle dans son lit, ramenant son petit corps contre ma poitrine pour me fondre avec elle.

Je reste immobile, laissant le rythme de sa respiration m'apaiser. Je sais que Damien m'accorde l'espace dont j'ai besoin, mais je regrette qu'il ne m'ait pas suivie. Il garde ses distances et je reste allongée là en espérant que la nuit m'emportera.

Or en levant les yeux, je découvre une ombre dans l'encadrement de la porte. Damien ne m'a peut-être pas rejointe, mais il veille sur moi. Et la bande d'acier qui m'enserre le cœur se détend d'un cran.

Je pose un baiser sur la joue de Lara et quitte son lit avec précaution.

— Je suis désolée, dis-je en le retrouvant dans notre chambre, un magazine ouvert sur les genoux. Je suis fatiguée. Je suis frustrée. Et je suis une peste.

— Non.

Il tend une main et je la prends, avant de me glisser dans le lit à côté de lui.

— C'est moi qui devrais te présenter mes excuses, dit-il. Tu es frustrée à cause de quelque chose d'important, et c'est ton droit le plus strict. Ma réaction première ne devrait pas être de te suggérer de laisser tomber. Ce n'est pas juste pour toi ni pour ce que tu as accompli dans ton travail.

Je ferme les yeux et hoche la tête, laissant une larme rouler sur ma joue.

— Merci, murmuré-je.

— J'ai envie de t'aider, Nikki, dit-il. Mais j'ai aussi besoin de ton aide. J'ai besoin que tu me dises ce que tu veux.

Je prends une inspiration et ouvre les paupières. Je jette un regard circulaire dans notre belle chambre, puis je pose les yeux sur mon merveilleux mari. Je pense à nos enfants, à nos amis et à la famille que nous avons fondée. La vie que nous avons créée ensemble.

— J'ai tout ce que je veux, dis-je en me pelotonnant.

Alanguie dans ses bras quelques instants plus tard, je sais que c'est une vérité absolue.

Alors, si tel est le cas, pourquoi suis-je encore insatisfaite ?

CHAPITRE 6

Mieux ?

Je souris en lisant le texto de Damien et je lui réponds sans attendre :

Beaucoup mieux. Merci.

Il est plus de midi et j'ai passé une matinée très productive dans mon bureau, à mettre de l'ordre dans mes affaires. Marge est en train d'appeler tous nos clients pour leur expliquer le départ d'Éric et leur annoncer que je prendrai contact avec eux dans la semaine pour les tenir au courant. Abby s'occupe du recrutement d'un employé capable de jongler entre l'aspect technique et les relations à la clientèle, tandis que je me charge du reste.

Pour l'instant, aujourd'hui, nous avons évité les crises et je me sens mille fois mieux qu'hier. Ça n'a pas été facile de laisser les filles ce matin, mais je suis partie plus tard pour pouvoir prendre mon petit-déjeuner avec elles et jouer un peu.

Content de l'apprendre. Je t'envoie une voiture à 17 heures.

Je fronce les sourcils en lui répondant : *J'ai la Coop.*

Je suis venue au bureau avec ma Mini Cooper ce matin, et elle m'attend dans le petit garage qui dessert mon immeuble.

Elle peut passer la nuit au parking. Je veux que tu te détendes. On a des projets ce soir.

Je suis aux anges.

Tu me gâtes, Monsieur Stark ?

Sa réponse est immédiate : *Tout à fait.*

Je t'aime (en aparté : mais je veux voir mes bébés)

J'imagine presque son sourire quand il m'envoie sa réponse :

Pas besoin d'aparté. Moi aussi, je veux les voir. Et puis je veux te voir, toi. Toute seule.

Je soupire et je me rends compte qu'un sourire spontané m'est venu. Le stress de ces dernières vingt-quatre heures semble avoir été effacé. Jamie et Abby ont peut-être raison. Je vais peut-être assurer.

Ça me va, réponds-je.

Son dernier texto me parvient presque aussitôt. Il me va droit au cœur, ainsi qu'à des endroits plus intimes.

Excellent. On se voit ce soir, Mademoiselle Fairchild. En attendant, imagine mes mains qui te touchent.

Pendant le reste de la journée, je m'y consacre en grande partie. Ainsi, quand Edward, le chauffeur personnel de Damien, entre dans mon bureau pour m'annoncer qu'il est prêt à me raccompagner à la maison, je suis dans l'état d'esprit idéal pour retrouver mon mari.

Je laisse Abby s'occuper des dernières questions

à résoudre et je suis Edward dans la rue. Il est venu avec la limousine, ce qui ne manque pas de m'étonner. Je m'attends presque à découvrir Damien assis à l'arrière, mais il n'est pas là et une pointe de déception m'envahit. Je ne suis pas en manque d'affection ni de sexe – loin de là –, mais en m'installant sur la banquette arrière de la limousine, je prends conscience que ça fait longtemps que nous ne nous sommes pas offert une soirée romantique. En fait, pas depuis l'arrivée de Lara dans nos vies.

Sans doute est-ce un lieu commun chez les parents, toujours est-il que j'éprouve un pincement de regret.

— Monsieur Stark m'a demandé de vous servir un verre. Vin ? Whisky ?

— Bourbon, dis-je.

Apparemment, ce soir, l'alcool est permis.

— Pur.

Il me tend le verre ainsi qu'une petite boîte emballée dans un papier argenté. Une enveloppe est glissée sous un ruban argenté assorti. Je m'en empare avec joie. Edward m'indique que je dois d'abord lire le message, puis il referme la portière, me laissant toute seule. Je sors l'enveloppe et passe le doigt sous le rabat de l'élégant papier frappé des initiales DJS. Je n'ai presque pas envie de l'ouvrir, afin de savourer ce petit jeu qu'il me propose.

Mais comme il s'agit d'un jeu, justement, je dois m'y plier. Après tout, il y aura forcément des instructions. J'insère méticuleusement le doigt sous le rabat et j'ouvre l'enveloppe pour sortir la carte qu'elle renferme.

C'est un message simple. Un frisson d'impatience court sur ma peau quand je le lis :

Retire ta culotte avant d'ouvrir la boîte. Touche-toi... mais ne jouis pas.

Ensuite, ouvre la boîte... tu sauras quoi faire.

Pendant le reste du trajet, imagine mes mains qui te touchent.

D.

P. S. : Ce soir, tu es toute à moi, entièrement et pendant toute la nuit.

Excitée, j'ai la bouche sèche et mon pouls s'accélère. Je jette un œil sur mon téléphone en me demandant s'il va m'écrire. À présent, il doit savoir que j'ai reçu son message.

Mais mon téléphone reste silencieux et je décide de ne rien lui envoyer. Après tout, c'est plus amusant de le laisser dans l'expectative.

D'ailleurs, j'envisage de désobéir. De réserver la boîte pour plus tard. De garder ma culotte. De rester assise à l'arrière de la limousine tout en sirotant mon bourbon et en consultant mes emails. Il saura que je lui ai désobéi, naturellement. Et parfois, avec Damien, la punition peut être extrêmement satisfaisante.

L'idée est tentante et j'y songe sérieusement pendant quelques minutes. Mais s'il me punissait sans me toucher ? Je n'ai pas envie de prendre un tel risque.

J'avale le reste de bourbon. Aussitôt, j'ai la gorge en feu et je sens ma peau virer au rouge. J'ai tiré mon lait avant de quitter le bureau et, par précaution, je ne garderai rien ce soir. Pour l'heure, je compte bien m'amuser.

Je ferme les yeux et m'adosse contre le siège, consciente que l'alcool ne tardera pas à faire effet. J'éprouverai bientôt un délicieux engourdissement. Les mots de Damien encore à l'esprit, je sais que mon excitation va bientôt monter en flèche.

Touche-toi, a-t-il ordonné. Bien qu'il m'en ait fait la demande par écrit, j'entends sa voix dans ma tête. Un murmure grave à mon oreille. Autoritaire et insistant. *Maintenant, bébé. Imagine que c'est moi. Ma main qui remonte ta jupe. Mes doigts qui baissent ta culotte.*

Je ne connais aucune voix plus intimement que la sienne. Aucune caresse aussi familière que celle de Damien. Et alors que mon imagination s'enflamme, je délaisse la boîte sur le siège à côté de moi et je pose les mains sur mes cuisses. Je porte une jupe en laine près du corps et le tissu est doux sous mes paumes.

Lentement, je referme les doigts et soulève l'ourlet. Sur mes genoux. À mi-cuisse. *C'est bien. Jusqu'en haut. Je veux que tes fesses nues touchent le cuir. Je te veux bouillante. Mouillée.*

Je pousse un gémissement. Le fantasme de sa présence à côté de moi me rend folle – et m'excite terriblement. Je décolle les hanches pour pouvoir hisser ma jupe autour de ma taille, puis mes mains redescendent, entraînant ma culotte avec elles.

À présent, je suis exactement comme il me l'a ordonné, le cuir contre ma peau nue. Et sa voix dans mon fantasme insiste pour que je glisse les doigts entre mes jambes. En imaginant que c'est lui qui me touche, qui m'écarte.

Qui me baise.

Je tressaille en me caressant. Je suis déjà détrempée, mais je me demande bien pourquoi cela devrait m'étonner. Penser à Damien me liquéfie. Et savoir qu'il a prévu quelque chose de torride me fait palpiter exactement là où il faut.

Mes doigts dansent sur mon clitoris. Mon corps tremble. Aussitôt, je retire la main, car Damien m'a interdit de terminer. Et j'ai beau le vouloir ardemment, je ne le ferai pas sans lui. Pas vraiment.

Pas ce soir.

Je serre les jambes et me trémousse un peu pour réprimer ce besoin insistant, avant de me saisir du paquet. J'espère que la simple activité de le déballer détournera mon attention.

Ça m'étonnerait beaucoup.

Je retire lentement le papier, en espérant que chaque seconde gagnée atténuera cet embrasement des sens. Mais c'est illusoire. La seule chose à laquelle je pense, c'est à un effeuillage langoureux. À moi. À Damien. Et à ce paquet qui joue les intermédiaires entre nous.

Enfin, je le déchire entièrement. Sous l'emballage se trouve une boîte en carton noir. Je soulève le couvercle et écarte le papier pour révéler mon cadeau. J'éclate de rire, ravie, en changeant de position sur mon siège.

Parce que je sais ce dont il s'agit. Étincelant, argenté et en forme de petit œuf... J'ai déjà vu ça auparavant. Et je l'ai même utilisé.

Nous sortions ensemble à l'époque, si on peut dire ça. J'avais accepté un contrat de mannequinat dans des conditions guère conventionnelles. Un million de dollars pour me dévêtir et poser de manière anonyme, pour un portrait aujourd'hui suspendu sur le mur en pierre dans les escaliers menant au deuxième étage. Et pendant ces jours et ces nuits où j'ai joué les modèles artistiques, j'ai accepté d'appartenir à Damien.

De lui appartenir *complètement*.

À la fin, il avait sa peinture, j'avais mon million, et nous étions acquis l'un à l'autre.

C'est de loin le meilleur marché que j'aie jamais conclu, me dis-je tout en sortant délicatement l'œuf de sa boîte pour le tenir dans ma main. Il ne vibre pas pour l'instant, mais j'imagine déjà la sensation. Pas dans ma paume, naturellement, mais en moi. Parce que ce petit œuf est un vibro commandé à distance... et je suis déjà à deux doigts d'exploser rien qu'à l'idée que Damien puisse l'activer à tout moment.

D'ailleurs, pour ce que j'en sais, il est peut-être assis à l'avant, en compagnie d'Edward. À moins qu'il nous suive dans une autre voiture.

Je serre les jambes pour repousser une envie

persistante et lancinante. Mais je sais bien que je ne peux pas rester éternellement comme ça.

Il y a des règles à ce jeu. Je me mords la lèvre tout en écartant lentement les jambes.

Alors que je l'insère entre mes cuisses, la seule pensée qui me vient, c'est : *Oh, oui. Ce soir, on va bien s'amuser.*

CHAPITRE 7

Damien vient à ma rencontre sur le pas de la porte, un verre dans une main et l'autre dans la poche de son jean. Il ne m'a peut-être pas envoyé de texto pendant le trajet, mais il faut croire qu'Edward l'a contacté pour l'informer de mon choix de boisson.

Il a aussi une étincelle dans les yeux qui laisse présager toutes sortes de possibilités décadentes. Il tend la main.

— Culotte, demande-t-il.

Je penche la tête.

— Qu'est-ce qui te fait croire que j'ai obéi ?

Il ébauche un sourire.

— Parce que je te connais, Madame Stark.

Au même moment, l'œuf argenté se met à vibrer entre mes jambes. Je frémis. Mon corps déjà vaincu en redemande, mais la vibration cesse aussi rapidement qu'elle a commencé.

Il m'attire à lui et soulève ma jupe pour enfoncer deux doigts en moi, m'arrachant un gémissement. Je suis moite et déjà prête.

— Je crois que quelqu'un apprécie son cadeau.

Je réponds en rencontrant son regard :

— C'est peut-être toi que j'apprécie.

Je suis toujours dans ses bras, mais il a retiré sa main, laissant retomber ma jupe. Maintenant, il prend mon visage entre ses paumes. Il y a une telle chaleur dans son regard que je crains presque de me brûler les ailes.

Il penche la tête pour m'embrasser. Son ardeur et sa passion m'enivrent et je n'ai plus qu'une seule envie, qu'il me soulève dans ses bras, qu'il m'emmène dans la chambre et qu'il me prenne avec brutalité. Pendant un moment, je me demande même si ce n'est pas son intention, et ça me convient parfaitement. Mais il interrompt notre baiser, recule et m'adresse un sourire charmeur.

— Culotte, demande-t-il de nouveau.

Cette fois, je la lui remets. Il la glisse dans sa poche et passe un bras sur mon épaule.

— J'ai demandé à Bree de préparer les filles pour le dodo, puis de les surveiller jusqu'à notre retour. Je lui ai dit qu'on voulait les border.

— Et ensuite ? demandé-je en gravissant les marches avec lui.

— Tu le sauras bien assez tôt.

Je lui décoche un regard en coin et je constate qu'il ne me quitte pas des yeux.

— J'aime ce petit jeu.

Mon aveu le fait rire et, à son tour, il reconnaît que ça l'amuse beaucoup, lui aussi.

D'abord, nous allons voir Anne. Je la porte contre moi pendant que Damien lui lit *Bonne nuit, petit gorille.* Elle sourit et fait des bulles tout en agrippant les pages cartonnées.

Lara est la suivante. Elle s'assied sur les genoux de Damien pendant que je fais la lecture de *Bonne nuit, dormez bien, petits lapins,* un livre dont elle ne semble jamais se lasser. Quand je le referme, ses paupières sont lourdes et Damien la borde dans son lit, remontant la couverture sur la fillette et son Chaton en peluche.

— Et maintenant ? murmuré-je une fois que nous retournons dans le couloir.

Il porte un doigt à ses lèvres et me conduit dans la cuisine. Il y a un bol en terre cuite et, à l'intérieur, une dizaine de morceaux de papier pliés.

— Choisis-en un, me dit-il.

Je m'exécute. Quand je l'ouvre, je découvre *plage* en lettres d'imprimerie. Je lève les yeux vers lui.

— Et maintenant ?

— Maintenant, prends ton sac et viens avec moi.

En temps normal, je penserais que *plage* signifie

notre plage, au bout de l'allée qui serpente à travers notre propriété. Mais comme il me demande de prendre mon sac à main, je ne suis pas étonnée, lorsque nous franchissons la porte d'entrée, de devoir remonter dans la limousine. Ce qui me surprend, en revanche, c'est qu'Edward s'engage sur la route de service qui descend au pavillon de plage que Damien a fait construire pour moi un an plus tôt.

— Que se passe-t-il ? demandé-je lorsqu'Edward ouvre la portière pour nous inviter à sortir.

Mais Damien ne répond pas. Au lieu de ça, il pose un doigt sur mes lèvres et m'entraîne à l'intérieur.

Damien a fait construire ce bungalow pour me l'offrir. Un jour, je lui ai dit que même si j'adore notre demeure de Malibu et sa vue splendide, j'aurais aimé pouvoir me promener sur la plage rien qu'en franchissant le seuil de chez moi. Et comme Damien me gâte sans retenue, peu de temps après, un petit pavillon est apparu sur notre propriété... Son emplacement était parfait, directement sur la plage.

C'est une charmante maisonnette à deux chambres, dont la meilleure partie est la terrasse qui s'élève sur deux niveaux. Une terrasse traditionnelle, à laquelle on accède par la porte de derrière, contourne toute la maison jusqu'à l'entrée. Elle offre une vue imprenable sur la plage et le Pacifique. Une volée de marches descend sur le sable et il y a une petite douche de plein air ainsi qu'un bain de pied pour nous éviter de ramener du sable à l'intérieur.

C'est le deuxième niveau que je trouve particulièrement exceptionnel, car c'est un toit-terrasse. Il est brillamment agencé, avec des espaces à l'ombre et d'autres au soleil, mais ce que je préfère, c'est que depuis les immenses chaises longues, on n'aperçoit pas du tout la plage. Rien que l'océan infini à perte de vue. On dirait qu'on flotte sur un tapis volant où l'on échappe à tout, même pour un instant.

C'est là que Damien m'emmène, sans même entrer dans la maison. Nous la contournons par la terrasse extérieure et rejoignons les marches conduisant jusqu'au toit. Là, je suis accueillie par une bouteille de champagne dans un seau à glace et un bol de fraises.

Je l'enlace, le coupant dans son élan.

— Quand as-tu organisé tout ça ?

— Il m'a suffi de claquer des doigts. J'ai des pouvoirs magiques, tu sais.

J'éclate de rire, car parfois, j'ai presque l'impression que c'est vrai.

— Je crois que tu essaies de me saouler. Du bourbon. Du champagne. Tu sais, je…

Il me faire taire par un baiser si intense que mes genoux faiblissent, et il me soulève dans ses bras pour me porter jusqu'à la chaise longue.

— Oui, Madame ma femme, j'ai l'intention de te rendre un peu pompette. Ou peut-être beaucoup. Le bébé ira très bien avec le lait que tu as mis de côté.

Je souris.

— Dans ce cas, je veux bien du champagne.

Il me sert et je le déguste lentement. Au même instant, un léger tremblement se fait sentir dans mon bas-ventre. Je ferme les yeux et appuie ma tête contre le coussin, tandis que Damien augmente d'un cran les vibrations de cette délicieuse petite boule nichée entre mes jambes.

Ma jupe n'a pas de fermeture à glissière. Juste une large bande élastique à la taille. Je sens le coussin s'enfoncer lorsque Damien s'installe à côté de moi. Ses doigts glissent sous ma ceinture et il tire la jupe sur mes hanches avant de l'abandonner sur la chaise voisine.

La terrasse est protégée du vent par une cloison de verre qui délimite l'espace. Malgré tout, la fraîcheur sur ma peau brûlante me fait un bien fou. Lentement, il laisse remonter ses doigts le long de ma cuisse, effleurant à peine mon sexe. Je tremble déjà sous l'assaut des sensations tumultueuses qui menacent de m'emporter.

Sa main poursuit sa progression et il retire mon haut. Je me retrouve presque nue, avec mon soutien-gorge en dentelle. Il dépose un chemin de baisers le long de mon ventre, atténuant lentement la vibration du jouet jusqu'à l'éteindre complètement au moment où sa langue se pose doucement sur mon clitoris.

J'essaie faiblement de protester et il part d'un petit rire avant de me regarder, puis il se lève et tend la main vers moi.

J'hésite, car pour être honnête, je ne suis pas certaine que mes jambes aient encore la force de me soutenir. Je me laisse faire et l'accompagne jusqu'à la paroi de verre qui se dresse devant l'océan. Il se campe dans mon dos, détache mon soutien-gorge et le laisse tomber par terre.

— Ferme les yeux, dit-il.

Au bord du toit, entièrement nue, avec la caresse du vent et le bruit assourdissant des vagues à mes oreilles, je fais exactement ce qu'il me dit.

— Quelqu'un pourrait nous voir, murmuré-je lorsqu'il m'attire à lui, mes fesses nues contre ses vêtements.

— Ils auraient de la chance, parce que tu es magnifique. Mais personne ne nous verra.

Je sais qu'il a raison. En théorie, la plage est publique, mais elle est reculée et la propriété est si étendue que nous sommes éloignés de nos voisins. Je me sentirais peut-être mal à l'aise à l'idée que l'on puisse nous apercevoir, mais en cet instant, je ne peux nier que c'est terriblement excitant et merveilleux d'être debout, nue sous le ciel avec Damien. Je le supplie :

— Touche-moi. Je t'en prie, Damien. S'il te plaît, baise-moi.

— C'est ce que tu veux ? murmure-t-il.

Sa main explore ma peau. Ma poitrine, mes hanches, mes cuisses.

— Tu en es sûre ?

— Oui, réponds-je à mi-voix. S'il te plaît.

— Hmm.

Sa main glisse lentement sur moi jusqu'à se poser contre mon cou, sous mon menton. L'autre main rejoint mon sexe et ses doigts s'enfoncent en moi, poussant l'œuf encore plus profondément. Mes genoux flageolent et, alors que je commence à m'affaisser, la pression contre ma gorge s'intensifie. Je n'ai pas peur, bien sûr, car il ne peut rien m'arriver avec Damien, mais ce geste évoque un danger avec lequel nous n'avions encore jamais joué. Quand sa bouche frôle mon oreille pour y chuchoter : « Tu m'appartiens », je sens le désir me submerger comme un raz-de-marée renversant.

Et lorsque ses doigts me pénètrent assez longtemps pour trouver le bouton qui déclenche l'œuf, je commence vraiment à tomber. Heureusement, Damien est là pour me soutenir.

— Je te tiens, dit-il, une main autour de mon cou et l'autre sur ma taille. Regarde l'eau, bébé.

Le vibro monte en puissance, propageant des ondes à travers mon corps, en symbiose avec le flux et le reflux du Pacifique.

Ses lèvres effleurent mon épaule nue et sa paume revient se poser entre mes jambes. Du bout de l'index, il décrit des cercles autour de mon clitoris, s'en rapprochant constamment sans jamais m'entraîner jusqu'à l'extase. Et pendant tout ce temps, il maintient sa main contre ma gorge, suffisamment fort pour exercer une pression tandis que je frémis de plaisir.

— Tu me fais confiance, bébé ? demande-t-il sans cesser de me caresser et de m'exciter, me conduisant vers de nouveaux sommets.

— Bien sûr.

J'ai du mal à retrouver l'usage de ma voix. Je n'avais pas vraiment prévu de parler. Et puis, il n'a pas besoin de me le demander. J'ignore peut-être ce qu'il a en tête, mais c'est sans hésitation que je confie à Damien ma vie, mon corps et mon cœur.

Il ne répond pas, mais j'entends un grondement sourd en signe d'approbation. En même temps, il tire délicatement entre mes jambes et l'œuf lisse glisse à l'extérieur. Damien resserre sa poigne autour de mon cou, me cambrant encore davantage. À l'instant où l'œuf vibrant quitte mon corps, je suis parfaitement vulnérable.

La sensation est fantastique, renforcée par la position que m'impose Damien. Enfin, quand il crispe un peu plus ses doigts sur mon cou tout en pressant l'œuf contre mon clitoris, je me disloque entièrement. Une vague de plaisir s'abat sur moi, aussi puissante qu'interminable. Je m'efforce en vain de me ressaisir, j'essaie d'inspirer une bouffée d'air salvatrice.

Une fois que le contrecoup de l'orgasme

s'estompe, Damien me soulève de terre. À vrai dire, il n'a pas le choix, car mes jambes semblent avoir cessé de fonctionner. Il me ramène sur la chaise longue et m'y étend, mais mes bras refusent de libérer son cou.

— S'il te plaît, murmuré-je. Ne me force pas à te supplier.

Il pose un baiser sur mon nez.

— J'aime quand tu me supplies. Mais je ne peux plus attendre.

Lentement, il se redresse. Contrainte de me lever avec lui ou d'accepter de le lâcher, je choisis la deuxième option et laisse mes doigts effleurer son visage. Sa barbe de fin de journée donne à sa peau une texture râpeuse. Enfin, il est debout et je retombe sur le coussin.

Je le regarde se déshabiller. Sa chemise tombe par terre et son jean glisse sur ses hanches. Son boxer gris suit le mouvement, libérant son sexe déjà prêt, énorme et dur.

Pendant un moment, il reste debout et je le dévore des yeux. Cet homme m'appartient. Le soleil décline à l'horizon, projetant une lueur orangée sur la terrasse, donnant à la peau de Damien des reflets mordorés. Je l'imagine comme modèle d'un sculpteur, qui graverait à jamais son image dans le marbre.

Mais ce n'est pas sa beauté qui me fait vibrer, c'est ce qu'il cache à l'intérieur. Je désire cet homme qui m'aime, qui me fait rire et m'offre sa sécurité. L'homme qui est aussi le père de mes enfants et qui veillera toujours, *toujours*, sur nous.

Je tends les mains dans une supplication silencieuse et il me rejoint sur la chaise longue, entre les cuisses que j'ai ouvertes pour lui.

— Fais-moi l'amour, murmuré-je.

Quand il me répond « Nikki » d'une voix tendre comme une caresse, je fonds un peu plus.

D'abord, il m'embrasse avec la légèreté d'une plume, puis son baiser devient plus vorace, plus exigeant, et je me raccroche à ses épaules. Je referme les jambes autour des siennes pour l'attirer plus haut, entre mes cuisses, son sexe au niveau de mon bassin. Je suis ouverte, détrempée et prête à le recevoir.

— Damien, dis-je en me frottant contre lui.

Les yeux fermés, je m'imprègne de sensations.

— Maintenant. S'il te plaît, s'il te plaît, maintenant.

— Regarde-moi, dit-il.

J'ouvre les yeux. À la chaleur, au désir et à l'intensité de son regard, on croirait qu'il est déjà en moi. Je sens mon sexe se contracter, comme pour l'attirer dans une étreinte silencieuse. Quand il s'avance, prêt à me pénétrer, j'étouffe un cri en me sentant assaillie, impatiente d'être enfin remplie.

— Maintenant, dit-il sans me quitter des yeux.

En accord avec ses mots, il donne un coup de reins et s'enfonce. Chaque poussée lente et ensorcelante l'emmène encore plus loin.

Progressivement, il accélère le rythme. Nos deux passions cumulées alimentent un véritable besoin charnel. Bientôt, il vient buter contre moi avec une telle force que je suis plaquée contre la chaise longue. Je m'agrippe à lui, éperdue, convaincue que nous allons fusionner s'il continue à me labourer de la sorte.

— Touche-toi, bébé. Je veux te sentir exploser, dit-il.

Je suis déjà toute proche. Je fais ce qu'il me dit et je détache une main de son dos pour la glisser entre nos corps. Tandis qu'il va et vient en moi, je me caresse le clitoris jusqu'à ce que les sensations torrides soient presque insoutenables. Un courant électrique me parcourt l'intérieur des cuisses, annonçant l'orgasme imminent.

— Damien, dis-je d'un ton suppliant sans ralentir mon geste, prête à tout pour basculer. S'il te plaît.

Je ne sais pas vraiment ce que je demande.

Alors que mon corps commence à trembler, quand je me cambre et pousse un cri, traversée par un million d'étincelles électriques, je comprends ce que je lui demande. Je veux qu'il jouisse avec moi. À présent, mon corps est contracté autour de lui, en proie à un orgasme ravageur. Des spasmes à répétition lui enserrent le sexe.

Au-dessus de moi, le visage de Damien devient orageux, et un éclat de plaisir brut et sauvage l'illumine, aussitôt remplacé par une expression d'adoration absolue quand l'orgasme s'éteint, quand son corps se détend.

— Ça va ? me dit-il une fois que nous retrouvons notre souffle.

Il se retire lentement et vient s'allonger à côté de moi, utilisant une serviette à disposition pour me nettoyer avec une infinie douceur.

— Ça va.

Je me blottis contre lui pour sentir la chaleur de sa peau. Au bout d'un moment, il se lève et revient avec un plaid qu'il a sorti du coffre étanche près de la porte. Il m'enveloppe délicatement et s'assied, une fois certain que je suis bien au chaud, avant de m'attirer à lui. Je me pelotonne contre son torse.

— Tu es bien installée ? demande-t-il.

— Hmm, hmm.

— Je me suis dit qu'on pourrait rester là un moment, à se détendre en contemplant les étoiles.

Je me redresse pour le regarder.

— Tu me gâtes, Monsieur Stark. Tu es un amour.

— On peut dire ça, répond-il.

— Tu dirais comment, toi ?

— Je dirais que *je suis*, tout simplement.

Je me retourne, perplexe, et m'assieds carrément sur la chaise longue, laissant glisser le plaid sur mes épaules.

— Mais qu'est-ce que tu racontes ?

— Toi, dit-il sans plus d'explications.

Ses mains s'aventurent sur ma peau nue et j'ai du mal à rester concentrée sur ses paroles.

— Tu vas devoir développer un peu.

Il part d'un petit rire, puis se redresse, actionnant le levier du transat pour nous permettre de nous y adosser. Une fois de plus, il me serre dans ses bras et ramène le plaid autour de nous.

— Tu as consacré des mois à être une maman, dit-il. Et une épouse. Et une femme d'affaires. Tout cela est merveilleux et très important, bien sûr.

— Mais ? demandé-je, car je le soupçonne de vouloir poursuivre.

— Mais ça fait longtemps que tu n'as pas eu l'occasion d'*être*, tout simplement. C'est ce que nous faisons ce soir, bébé. Nous apprécions la soirée et la présence l'un de l'autre. En étant juste Nikki et Damien.

— Merci.

J'ai le cœur gonflé par cette délicate attention, par le fait qu'il ait organisé tout ça pour prendre soin de moi.

Nous restons ainsi pendant un moment, nos doigts mêlés et nos corps unis, jusqu'à ce que Damien se lève en me demandant d'attendre le temps qu'il aille chercher quelque chose à l'intérieur.

Il revient moins de cinq minutes plus tard, un sac en papier à la main.

— Choisis-en un, me dit-il lorsque je me redresse avec un sourire aux lèvres.

— Encore ?

Il agite le sac sous mon nez comme pour m'inviter à choisir et j'obéis en riant. Quand je déplie le papier, je le lis à Damien :

— Dîner. Hmm...

— Quoi ?

— Je réfléchis.

— C'est toujours dangereux. À quoi penses-tu ?

— À ces bouts de papier.

D'un geste brusque, je cherche à m'emparer du sac, mais il le soulève hors de ma portée et le pose sur une table derrière nous.

— Je me dis que si je pioche un autre papier, il m'annoncera un dîner, lui aussi.

Soudain, pour prouver ce que j'avance, je me rue de nouveau vers le sac.

Cette fois, Damien m'attrape le poignet et me hisse vers lui pour un doux baiser. Puis il me mordille la lèvre, me donne une claque sévère sur les fesses et s'exclame :

— N'y pense même pas.

Mais je sais que j'ai raison. Je souris joyeusement en le serrant contre moi.

— Merci d'avoir organisé ce merveilleux rendez-vous.

— Il n'y a pas de quoi, dit-il. Mais ce n'est pas encore fini.

— Je sais. Je dis justement à mon mari...

Je m'interromps en fronçant les sourcils, car mon téléphone sonne au même moment. C'est la mélodie que j'ai attribuée à Abby.

Je croise le regard de Damien, dépitée à l'idée de devoir décrocher. Je lis la déception dans ses yeux, mais il hoche la tête et je quitte ses bras pour aller récupérer mon téléphone dans le petit sac à main.

J'ai raté l'appel, mais avant que je puisse consulter ma messagerie, je reçois un texto : *SOS.*

Crise avec Greystone-Branch. Tu peux venir au bureau ?

Damien est debout à côté de moi. Quand je me retourne pour rencontrer son regard, je vois déjà l'ardeur de la passion se changer en masque froid et parfaitement professionnel sur son visage. Une vague de regret s'abat sur moi. Mais qu'y puis-je ? Greystone-Branch est mon principal client, au même titre que Stark International. Le prestige de Fairchild Development en dépend.

Alors, je fais la seule chose possible… je lui réponds : *J'arrive.*

CHAPITRE 8

Je bâille et change de position sur mon fauteuil. Derrière moi, le ciel est déjà clair au-dessus de Studio City. Le matin est arrivé et il s'est lentement écoulé. Abby et moi sommes toujours claquemurées dans mon bureau.

Nous avons passé la nuit penchées sur nos ordinateurs, à essayer frénétiquement de résoudre un code mis sens dessus dessous par un ex-employé mécontent de chez Greystone, ainsi qu'à corriger les failles pour faire en sorte que cela ne se reproduise pas.

Mais nous avons réussi. Je bois une longue gorgée de café, m'accordant quelques instants pour en profiter. Cette crise était impossible à prévoir, et rares sont les personnes capables de réparer un tel sabotage. Abby et moi avions affaire à un problème inattendu et insolite, et nous en sommes sorties victorieuses.

Plus que victorieuses, à vrai dire, car désormais, d'autres attaques de cette nature ne pourront plus se produire.

Je suis aux anges.

— Tu as assuré, lui dis-je quand elle revient de la salle de pause avec sa tasse de café. Allez, on ferme le bureau et on sort. C'est fini pour la journée.

— Tu en es sûre ?

— Absolument, dis-je en jetant un œil à l'horloge. Si je me dépêche, je peux être de retour avant que Bree emmène les filles à la salle de jeux Gymboree pour la toute première séance de Lara. Et ensuite, je ferai la sieste la plus longue du monde. Tu devrais faire la même chose... La sieste ! précisé-je. Pas la salle de jeux.

Elle éclate de rire avant de retrouver son sérieux.

— Je suis désolée de ne pas avoir su gérer ça toute seule. Je sais que tu étais de sortie ce soir.

— Ne sois pas ridicule. Tu ne dois jamais hésiter à me déranger lors d'une crise. Surtout une crise qui concerne ma société. Mais, pour info, je crois que tu aurais été capable de gérer ça même si je n'avais pas été là.

— C'est vrai ?

— Tout à fait. Tu as été formidable. Tu as tenu la main du client. Tu as résolu le problème. Tu as rédigé le nouveau code et tu l'as implémenté sans sourciller. Tu m'as franchement impressionnée.

Ses joues virent au rose et elle sourit.

— Merci.

— De rien. Maintenant, rentre chez toi.

Elle détale, comme si elle craignait que je change d'avis. Hors de question, j'ai trop envie de retrouver mes enfants.

Quand Edward m'a déposée en limousine hier soir,

Damien m'a proposé de rester avec moi pour me donner un coup de main, mais je lui ai demandé de rentrer. Je ne l'accompagne pas dans ses moments de crise chez Stark International. Et puis, si nous ne pouvions pas profiter de notre soirée, au moins l'un de nous pouvait la passer avec nos enfants.

Ce qui signifie que la Coop est encore dans le garage, où je l'ai laissée hier. Je m'y précipite en envoyant un texto à Damien, pour lui annoncer que j'ai terminé et que je rentre à la maison.

Puis je monte dans la Coop, je sors en trombe du garage et j'appuie sur l'accélérateur afin de couvrir le plus rapidement possible la distance entre Studio City et Malibu. Je consulte l'heure avec une frénésie compulsive tout en conduisant et je dois m'efforcer de ne pas commettre d'imprudence en grillant des feux ou en zigzaguant entre les voies. Ça me ferait peut-être gagner une minute ou deux, mais je tiens à rejoindre mes enfants et non pas à me retrouver avec une voiture cabossée. Ou pire.

Malgré tout, je suis angoissée pendant tout le trajet. Ce n'est qu'en m'engageant dans notre rue avec cinq minutes d'avance que je me détends enfin. *J'ai réussi.*

Je franchis le portail en trombe, saluant notre gardien d'un geste de la main, et je m'arrête net dans l'allée circulaire juste devant l'entrée, sans prendre la peine d'aller jusqu'au garage.

Je me rue à l'intérieur en lançant : « Maman est rentrée ! » Mais seul le silence me répond.

Les sourcils froncés, je gravis les marches à petites foulées jusqu'au deuxième étage, tout en appelant Bree.

Ce n'est qu'en arrivant dans la cuisine et en constatant que le sac du goûter a disparu que j'accepte enfin de croire ce que je soupçonnais déjà, à savoir que Bree est partie plus tôt avec les enfants. Il n'y a personne à la maison.

Comme Damien auparavant, c'est à mon tour de rater une « première » de nos enfants. Bien sûr, ce n'est qu'une séance de jeux. Mais je voulais tenir la main de Lara. Je voulais être à côté d'elle quand ils feraient rebondir des balles sur le grand drap, quand ils marcheraient en rond, en rythme avec la musique, et toutes les autres activités dont m'a parlé la directrice quand j'ai inscrit Lara aux séances.

Je l'y emmènerai la prochaine fois. Et la fois d'après. Mais même si je l'accompagne à chacune des séances à venir, même si j'emmène Anne à sa toute première sortie quand elle aura deux ans, j'aurai raté cette première fois-là. Et elle ne reviendra jamais.

Avec un soupir, je me laisse tomber sur une chaise à la table de la cuisine. Pendant un moment, j'envisage de les suivre, mais j'arriverais en retard et je n'ai pas envie d'être ce genre de maman. Celle qui interrompt la séance et dérange tous les enfants.

Au lieu de ça, je reste assise dans la maison vide et silencieuse. Sans les enfants. Sans Damien. Sans Bree. Même Gregory est parti – le valet de chambre qui travaille pour Damien depuis des années, notre majordome et homme à tout faire. Sa sœur qui vit dans le Connecticut est malade et il s'est rendu à son chevet il y a une semaine.

— Il n'y a que toi et moi, dis-je à Sunshine, qui

rejoint d'un pas nonchalant sa gamelle de croquettes.

Pourtant, même elle ne s'intéresse pas à moi. Elle vient quémander une caresse sur la tête puis elle s'éloigne, sans doute pour trouver un coin au soleil et faire un somme, roulée en boule.

J'ai envie de faire la même chose.

Je porte encore ma tenue de la veille au soir et je me sens crasseuse et courbaturée. Je voudrais dormir, mais j'ai surtout besoin d'une douche et je me dirige vers la salle de bain principale, me déshabillant en chemin. J'ouvre le robinet à fond et laisse couler l'eau presque brûlante. La pièce se remplit de vapeur.

J'ajuste la température pour la rendre plus tolérable et je m'avance, le visage tourné vers le jet. Je m'adosse contre les carreaux et je laisse l'eau ruisseler sur moi, me laver de ma journée, de mes soucis, de mes erreurs et de mes déceptions.

Malheureusement, même la douche la plus chaude ne peut pas changer tout cela. Debout sous l'eau qui me frappe, je reçois la vérité en pleine face, dure et glacée. Et cette vérité m'écrase.

Ce ne sont pas les premières fois qui comptent, ce sont les moments. Les petits moments qui font la vie. J'ai raté d'innombrables moments au cours de ces dernières vingt-quatre heures. Non seulement des moments avec mes enfants, mais aussi avec mon mari.

J'ai raté une soirée avec Damien.

J'ai raté une après-midi avec mes enfants.

Combien de sourires y a-t-il eu ? De nouveaux jouets ? De nouvelles découvertes ?

Ce sourire espiègle lorsque Lara se rapproche de Sunshine sur la pointe des pieds pour la surprendre.

Les yeux émerveillés d'Anne quand la lumière crée un arc-en-ciel à travers la fenêtre. Ou son explosion d'hilarité lorsqu'elle caresse la queue touffue du chat.

Tant de moments dont j'ai envie d'être témoin. Tant de moments que je vais rater.

Je le savais, bien sûr. Mais à présent, le poids de cette réalité me paraît trop lourd à porter. Je m'effondre au sol et enfouis mon visage contre mes genoux, laissant mes larmes couler librement tandis que l'eau pleut sans discontinuer au-dessus de ma tête.

Je suis encore là quand Damien me retrouve. Sa voix tremblante me ramène à l'instant présent.

— Tu t'es tailladée ? Bon sang, Nikki, est-ce que tu t'es coupée ?

Il me tient les mains, accroupi dans la douche à côté de moi, sans se soucier de mouiller ses vêtements.

— Non, dis-je. Damien, tu es trempé.

— Que se passe-t-il ? Bon sang, Nikki, parle-moi.

La peur dans sa voix me brise le cœur et je serre ses mains en plongeant mon regard dans le sien.

— Je ne me suis pas coupée. Honnêtement, ça ne m'est même pas venu à l'esprit.

Ses yeux me détaillent. Recroquevillée au fond

de la douche, je remarque l'incrédulité dans son regard.

— C'est promis. S'il te plaît, coupe l'eau. Je vais bien. Je t'aime et je vais bien.

Il hésite, mais il finit par faire ce que je lui demande avant d'aller chercher deux serviettes moelleuses sur le support chauffant. Il m'enveloppe, puis il se déshabille, abandonnant ses vêtements en tas sur le sol de la cabine de douche.

Une fois sec, la serviette nouée sur ses hanches, il tend la main pour m'aider à me lever. Je la prends et je me laisse guider jusqu'à la chambre, troquant la serviette contre mon peignoir confortable.

— Bon, dit-il lorsque nous sommes tous les deux assis sur le lit, en peignoir. Que s'est-il passé ?

Je lui fais un résumé de la crise de Greystone-Branch.

— Abby a été géniale. Intelligente et déterminée. Elle m'a vraiment impressionnée.

— Tu as engagé les bonnes personnes.

— Éric est parti, dis-je en haussant les épaules.

— C'est le risque avec les personnes compétentes.

Je hoche la tête en faisant un geste évasif de la main. Nous nous sommes éloignés du sujet.

— Le problème, c'est que je suis rentrée épuisée à la maison. J'avais beau manquer de sommeil, je voulais quand même arriver à temps pour les jeux chez Gymboree.

— La première séance de Lara.

Il y a une pointe de regret dans sa voix et je me rends compte qu'il éprouve la même déception que moi.

Je lui prends la main et j'acquiesce.

— Je voulais y aller. Mais je l'ai ratée. Bree est partie plus tôt que prévu. Et j'ai raté ça.

Je pince les lèvres, résolue à ne plus pleurer. Une fois mes larmes refoulées, je dis :

— C'est ça. Tristesse et fatigue. Mais pas de scarification. Pas même un soupçon de début de couteau dans mes pensées. Je te le promets.

Le soulagement est palpable sur son visage et je sais que j'ai réussi à le convaincre.

— Maintenant, j'ai besoin de dormir. Mais au fait, pourquoi es-tu ici ? La maison était vide quand je suis rentrée.

— J'ai reçu ton texto, dit-il. Et comme j'ai rendez-vous à Santa Monica, je me suis dit que j'allais passer à la maison pour voir ma femme. Je dois y aller maintenant.

Il me caresse la joue.

— Tu es sûre que ça va ? Je dois déplacer mon rendez-vous ?

— Non... non, sérieusement, tout va bien.

Je prends une grande inspiration et je souris.

— Honnêtement, ça faisait des jours que je ne m'étais pas sentie aussi sereine.

Et c'est vrai. Inattendu, peut-être, mais vrai.

Damien fronce les sourcils. Je vois bien qu'il en doute.

— Tu penses à quelque chose, dit-il enfin.

— Oui… j'avoue. Je pense que j'ai désespérément besoin d'une sieste.

Ce que je ne lui dis pas, c'est que j'ai pris une décision. Mais je veux d'abord y réfléchir avant de lui en parler. Et pour l'instant, c'est encore le brouillard dans mon cerveau, tout se mélange. Le travail. Damien. Les enfants. Même le fait que je n'ai pas voulu m'automutiler. Que je n'y ai même pas pensé.

Cet imbroglio dans ma tête me fait penser au code auquel Abby et moi nous sommes attaquées. Tous les mauvais tronçons étaient mélangés aux bons, et nous avons dû prendre des pincettes pour séparer le bon grain de l'ivraie. Mais une fois que nous avons retrouvé l'élément principal, tout le reste est allé de soi.

C'est ce dont j'ai besoin, me dis-je.

Maintenant, il faut que j'identifie cet élément chez moi.

CHAPITRE 9

Le soleil est bas à l'horizon quand je m'éveille de ma sieste. J'entends le gloussement de Lara à l'extérieur. Damien a laissé ouvertes les portes du balcon et le rire adorable de ma fille me parvient, porté par la brise marine.

J'avais enfilé un pantalon de survêtement et un t-shirt avant de m'allonger. Je rejoins le balcon sur la pointe des pieds. De là, on aperçoit une partie de la terrasse autour de la piscine. Il y a aussi une bande herbeuse qui présentait un couvert végétal avant l'arrivée des enfants, mais que nous avons fait remodeler en attendant d'obtenir notre permis de voyage pour la Chine.

À présent, c'est une pelouse parfaitement

entretenue, dotée d'un bac à sable et d'un terrain de jeux conçu pour les petits enfants.

Je découvre Damien, avec Anne dans un porte-bébé. Il est en train de pousser Lara sur la balançoire en forme de cheval à bascule.

Bien agrippée à la corde, elle alterne entre de petits cris et des « U-da ! » enthousiastes, dans lesquels je devine sa version de *hue, dada*.

Elle se tourne vers moi et j'agite la main avant de lui envoyer un baiser.

— Maman ! Maman ! Viens ici, Maman !

Je ne peux pas vraiment décliner une invitation pareille, mais je lui fais coucou de la main en lui criant que j'arrive tout de suite. D'abord, il me reste encore quelques petites choses à faire.

Il fait plutôt frais dehors. J'entre dans mon dressing et je choisis des ballerines en toile et un pull à capuche léger avant de rebrousser chemin vers la porte pour emprunter l'escalier extérieur jusqu'au rez-de-chaussée.

Pourtant, je ne suis pas pressée. Mon attention est attirée par l'une des photos encadrées sur la commode. Des larmes me piquent les yeux lorsque je la prends. Dans le cadre argenté, il y a une photo de moi en compagnie d'une fillette, de six ans mon aînée, avec des cheveux noirs, des yeux espiègles et un sourire vif. *Ma sœur, Ashley Anne Fairchild Price.*

— Tu me manques, murmuré-je à la fille qui était aussi ma meilleure amie.

Je m'étais dit qu'elle avait une chance folle quand ma mère l'avait écartée du milieu des reines de beauté parce qu'elle avait échoué à un concours. Je l'avais beaucoup enviée – j'avais horreur de chaque couronne que je gagnais, je désirais juste avoir du temps, de bons petits plats et l'amour de ma mère sans condition. Malheureusement, ces conditions étaient intimement liées à ma réussite aux concours de beauté.

J'avais cru qu'Ashley avait échappé à ma mère et à sa conviction que tout, et tout le monde, se devait d'être parfait. Ashley était mon roc. Elle m'apportait de la nourriture en douce quand ma mère m'imposait un régime sans glucides à huit cents calories par jour. Et elle me parlait pour m'éviter de céder à la panique ou de devenir folle lorsque maman m'enfermait dans une pièce entièrement noire pour favoriser le sommeil réparateur indispensable à mon teint frais.

Je la croyais bien dans sa peau, et je puisais en elle une partie de ma force. Mais quand son mari l'a quittée et qu'elle s'est suicidée parce qu'elle était convaincue de ne pas être la personne qu'elle aurait dû être, j'ai su que maman avait réussi à entrer dans sa tête, à elle aussi.

— Je suis désolée, lui dis-je à voix basse. Je suis vraiment désolée qu'elle t'ait bousillée. Je suis désolée qu'elle nous ait bousillées toutes les deux.

Je prends une inspiration.

— Mais je vais mieux. Je crois que tu serais fière de moi. Je t'aime, dis-je. Et tu me manques.

J'essuie mes larmes en reposant la photo sur la commode. Je pensais ce que j'ai dit. Je vais vraiment mieux. Ça a commencé dès que j'ai quitté la maison de ma mère. Mais il a fallu attendre que je rencontre Damien pour me dégager enfin des sables mouvants dans lesquels ma mère m'avait enfouie.

Et maintenant, en entendant le rire de ma fille de l'autre côté de la fenêtre, je sais que je peux aller encore mieux. Je crois enfin savoir ce qu'il me reste à faire.

Je prends quelques minutes pour rassembler mes esprits, mais une fois que tout est clair dans ma tête et que j'ai passé quelques coups de téléphone, j'ai la certitude d'être sur le bon chemin. La boule dans mon ventre a disparu, ainsi que l'étau qui me comprimait la poitrine. Je me sens légère et euphorique. En déboulant au bas des marches, je croise aussitôt le regard de Damien et j'agite joyeusement la main.

Lara est dans le bac à sable, en train de construire ce qui ressemble à un château, mais qui pourrait aussi bien être un cheval, son animal préféré du moment.

Je m'arrête pour l'embrasser et un peu de sable se glisse entre mes lèvres.

— Je vais parler à Papa, lui dis-je. Je reviens dans un moment, d'accord ?

— D'accord, Maman.

L'instant d'après, elle enfonce ses mains dans une montagne de sable. Je fais un bref détour pour jeter un œil à Anne, qui dort à l'ombre dans son berceau d'appoint, avant de me diriger vers Damien.

— Tu vas mieux ? me demande-t-il.

Il s'écarte pour me laisser une place à côté de lui au bord du jacuzzi. Je trempe mes pieds dans l'eau.

— Oui, dis-je en lui prenant la main. Merci.

— Merci pour quoi ?

J'éclate de rire.

— Eh bien, pour tout. Mais surtout, parce que tu as réussi à me supporter ces derniers temps.

Il porte nos mains jointes à ses lèvres et dépose un baiser sur les jointures de mes doigts.

— C'est difficile. Notre famille est passée de deux à quatre. Et puis, il y a les couches à gérer.

— C'est vrai, dis-je en battant des pieds, nous

aspergeant un peu. Ashley s'est tuée parce qu'elle estimait qu'elle n'était pas parfaite.

Ma voix est basse, presque un murmure, mais en sentant qu'il se crispe à côté de moi, je sais qu'il a tout entendu.

— Je le sais.

Ses yeux balaient mon visage.

— C'est l'impression que tu as ?

— Oui. Non.

Je prends une inspiration et précise :

— Plus maintenant. Je...

Je dégage ma main et la passe dans mes cheveux, tout en essayant de mettre des mots sur les sentiments – et la décision – qui sont parfaitement clairs dans mon cœur.

— Alors, voilà. J'adore créer mes applications. Les petits défis. Et les grands. Réussir des codes complexes. Inventer des programmes malins, amusants ou utiles capables d'attirer l'attention des gens, de leur donner quelques instants de loisirs ou de les aider à améliorer leur productivité.

— Et tu es douée pour ça.

— C'est vrai.

Je n'ai jamais remis en question mon talent et mes compétences dans mon métier.

— Quand j'ai voulu me lancer à mon compte, c'était pour faire ce qui me plaisait. Pas ce que me demandait mon patron ou un client sur lequel je n'avais pas mon mot à dire.

— Le contrôle, dit-il aussitôt. Je comprends.

Je me penche et lui donne un petit coup d'épaule.

— Oui, je n'en doute pas.

Je m'écarte pour retrouver ma position initiale, mais il passe un bras autour de moi.

— Et maintenant, tu es dépassée parce que tu as endossé quelque chose qui va bien au-delà de ton métier : le monde des affaires. Tu aimes le codage, mais il y a tout le reste que tu n'aimes pas.

— Les cotisations sociales, la comptabilité, le développement de la clientèle, tout ça. Oui.

Je ne suis pas étonnée qu'il me comprenne. Après tout, Damien me connaît bien.

— Mais je n'ai pas envie d'abandonner. Je veux juste...

— ... le cœur de métier, conclut-il à ma place.

Je le regarde, surprise par son choix de mots.

— Exactement. Je ne sais pas trop si je me sentais obligée d'être en compétition avec toi, si j'essayais de prouver ma réussite à ma mère ou, tout simplement, si je ne voulais pas connaître un sentiment d'échec. Mais le truc, c'est que je n'ai pas échoué. J'ai une entreprise formidable et je ne suis pas obligée de foncer à cent mille à l'heure. Et encore moins maintenant que je peux ralentir et profiter de tout ce que j'ai.

Je lui prends la main et je la serre en me tournant vers Lara et Anne.

— Tu as beaucoup réfléchi, me dit-il.

— En toile de fond. Ça me trottait dans la tête, je

crois, sans que j'en sois vraiment consciente. Mais c'est quand tu m'as demandé si je m'étais automutilée que les pièces du puzzle se sont emboîtées.

Encore une fois, il se raidit à côté de moi et je pose la main sur sa cuisse.

— Dans le bon sens. En ce qui concerne les scarifications, eh bien, je crois que j'avais besoin d'une lame quand je me sentais perdue. Quand je ne trouvais aucune autre solution pour contrecarrer la douleur, la peur et les dégâts de tout ce qui me tombait dessus.

— Mais cette fois, tu n'as pas eu envie de te couper, me dit-il d'une voix douce.

Je lui confirme :

— Je n'y ai pas pensé. Pas même un peu. Tu sais quoi ? dis-je en souriant. C'est parce que je savais déjà quoi faire. Je ne m'étais pas autorisée à y penser, c'est tout.

— Et que vas-tu faire ?

— Prendre du recul ! déclaré-je avec assurance. Je veux gérer mon entreprise, mais je n'ai ni l'envie ni le besoin de la propulser au niveau de Stark International.

J'adresse à mon mari un sourire rayonnant.

— Tu as excellé dans ce domaine.

— J'apprécie ton vote de confiance, dit-il en riant.

— Je vais vendre le bureau de Studio City.

C'est le plus difficile, parce que Damien m'a offert mon premier bureau en cadeau à l'occasion d'un Noël magique, mais je sais que je prends la bonne décision.

— Je compte réinvestir, dans des locaux plus proches. À Santa Monica, peut-être, ou même Malibu. Et en attendant...

Je laisse ma phrase en suspens, tournée vers la plage.

— En fait, je me disais que je pourrais installer mon bureau provisoire dans le bungalow.

— C'est ton bungalow, bébé. Si c'est ce que tu veux, alors fonce.

— C'est ce que je veux. Comme ça, les enfants pourront être avec moi. Et s'ils sont dans la maison principale avec Bree, je pourrai les rejoindre en deux minutes.

J'inspire et ajoute :

— Je crois que j'entendais la voix de ma mère dans ma tête. Je devais être parfaite, et j'ai confondu la perfection avec la réussite absolue. La vérité, c'est que je ne suis pas obligée de l'être.

— Non, acquiesce-t-il, tu n'es pas obligée. Mais n'oublie jamais que tu es parfaite à mes yeux.

— Même chose pour moi, dis-je avant de soupirer, soulagée, comblée et heureuse.

— Et Abby et Marge, alors ?

— Je les garderai. Nous utiliserons le salon comme espace bureau, et elles pourront travailler en partie de chez elles. Mais en ce qui concerne Abby, il y a autre chose que je ne t'ai pas dit. Parce que, tu vois, j'ai envie de passer du temps ici, avec toi et les enfants. Ça ferait beaucoup à gérer, même en levant le pied dans ma vie professionnelle. Ne te moque pas de moi, dis-je en voyant qu'il ébauche un sourire. Je ne suis pas toi, et encore, tu as un million d'employés sous tes ordres. Je ne suis pas une femme d'affaires dans l'âme. C'est ton truc.

— C'est vrai, acquiesce-t-il.

— Et tu es exceptionnel dans ton domaine. Mais moi, je veux être épaulée par quelqu'un. Une aide différente de celle apportée par mon mari… ajouté-je avec un sourire. Alors, j'ai demandé à Abby si elle voulait devenir mon associée. Elle commencera à dix pour cent, mais elle atteindra progressivement les cinquante pour cent.

J'hésite un peu en le regardant, car j'ai pour habitude de toujours consulter Damien avant de prendre des décisions en ce qui concerne mon entreprise. Pourtant, cette fois, j'ai appelé Abby avant même de descendre l'escalier.

— Je trouve que c'est une excellente idée. Et Abby sera un véritable atout. Ça lui donne un intérêt particulier et ça te décharge d'un poids. Et puis, ajoute-t-il sur le ton de l'humour, tu as toujours Stark International comme client. Et il paraît que cette société est en croissance constante. Alors, ça ne peut qu'avoir des effets positifs pour toi.

— C'est vrai, dis-je, heureuse qu'il me comprenne. Je veux conserver mon entreprise. J'en suis fière et j'aime ce que je fais. Mais pas si je dois rater tout ça.

Je jette un œil vers le couffin d'Anne, puis je souris à Lara qui nous rejoint en trottinant, couverte de sable.

— Je n'ai pas besoin d'être Stark International. Je veux juste travailler. Et surtout, j'ajoute en me penchant vers lui, je te veux, toi.

— Tu m'as. N'en doute jamais.

— Je n'en doute pas. Et j'ai quelque chose pour toi.

Je me lève et, laissant des empreintes de pas mouillées sur la terrasse, je me dirige vers un petit sac en papier posé sur une table au pied de l'escalier. Quand je reviens, je le tends à Damien qui me regarde d'un air perplexe.

— Choisis-en un, dis-je en agitant le sac.

On entend le froissement des petits morceaux de papier pliés.

Il éclate de rire, mais il l'ouvre de bonne grâce.

— Une virée en voiture, lit-il.

Il lève les yeux vers moi.

— Tu peux m'expliquer ?

— Non, dis-je en souriant. Mais tu découvriras demain ce que ça veut dire.

CHAPITRE 10

— Tu ne comptes pas me dire où nous allons ?
demande Damien.

Il est à peine plus de huit heures du matin et
nous sommes sur la route Interstate 10 en
direction de l'est, dans la limousine conduite par
Edward.

— Pas question, dis-je en prenant sa flûte à
champagne vide pour lui servir le mimosa que
j'ai préparé avec le jus d'orange et le champagne
stockés à ma demande par Edward dans le bar
de la limousine.

— Tu es coincé avec moi jusqu'à ce qu'on arrive.

— Jusqu'à ce qu'on arrive où ?

— Ah ! Si tu crois que je vais me laisser avoir.

Il ricane.

— Ça valait le coup d'essayer.

Il boit une gorgée de mimosa avant de poser sa flûte sur l'un des supports conçus pour les verres à pied.

— Écoute... Si tu ne me dis pas où nous allons, peux-tu au moins me dire où sont les filles ?

Je penche la tête comme si je réfléchissais à sa question.

— Tu me fais confiance ?

— Complètement.

— Tant mieux. Tu sauras bien assez tôt où sont nos filles.

— Bien assez tôt, répète-t-il sur un ton presque déçu.

— Quoi ? dis-je en fronçant les sourcils.

Il hausse les épaules.

— Disons que c'est difficile de bien profiter de tout ce que cette limousine peut nous offrir si le trajet n'est pas long.

Je plisse les yeux.

— Tu es sournois !

— Moi ?

— Ne fais pas l'innocent, dis-je en tendant le doigt vers lui. Tu essaies de savoir où nous allons en devinant la durée du trajet.

Il lève les deux mains.

— Je plaide non coupable.

— Hmm.

Je finis de remplir mon verre et je me détends sur la banquette à côté de lui.

— Eh bien, si tu veux tout savoir, c'est en partie pour tous les avantages de cette limousine que je l'ai choisie au lieu de prendre l'un de tes jouets.

Damien possède une collection impressionnante de voitures, et il ne rate jamais une occasion de partir en virée au volant de l'un de ses bolides.

Pourtant, ce matin, je voulais Damien à côté de moi et ses mains ailleurs que sur le volant.

— Vraiment ? Je suis intrigué.

— Tant mieux, dis-je sur un ton désinvolte.

Je me penche vers lui et pose mon verre de mimosa à côté du sien. Puis je monte sur ses genoux et je l'embrasse tendrement.

— Je me suis dit que se peloter comme des adolescents sur la banquette arrière, ça pourrait être un moyen très agréable de faire passer le temps jusqu'à ce qu'on arrive à destination.

Je vois bien qu'il s'apprête à me répondre, mais je lui impose le silence par un baiser. D'abord tout doux, puis plus énergique et enflammé lorsqu'il entrouvre les lèvres et me laisse jouer avec sa langue. Plus fougueux encore quand je le sens durcir entre mes cuisses. Je suis à cheval sur lui, les genoux sur le siège en cuir et l'entrejambe de mon short kaki pressé contre l'érection que dissimule son jean.

Nous nous embrassons pendant des kilomètres tout en nous caressant et en nous frottant l'un contre l'autre. La chaleur monte en puissance jusqu'à ce qu'il soit de plus en plus difficile de résister à l'envie de l'entraîner au bout. Et pourtant, je compte bien résister à la tentation.

Je voulais que cette matinée soit placée sous le signe de l'effervescence et de l'excitation d'être dans les bras l'un de l'autre, par des caresses sans conséquence. Mais comme une adolescente, j'ai envie d'aller plus loin. Et quand la main de Damien soulève mon t-shirt et dégage ma poitrine de mon soutien-gorge, je me cambre en gémissant de plaisir.

— Est-ce que tu me laisses passer à l'étape supérieure, Nikki ?

— Certainement pas, dis-je, même si je me presse de plus belle contre lui, le corps en feu. Je ne suis pas ce genre de fille.

Mais je sais que je vais perdre cette bataille et que, même en la perdant, je la gagnerai. Son expression provocatrice en dit long sur ses intentions. Et si mon jeu consiste à ne pas lui dire où nous allons, le sien est de me prendre sur la banquette arrière de la limousine.

Pour tout dire, dès qu'il s'agit de Damien, je perds toutes mes facultés de résistance. Et quand sa main remonte sous mon short et caresse la peau nue entre ma cuisse et mon bassin, je manque de perdre la raison.

— Déshabille-toi, me demande-t-il.

Je sais que je devrais protester, et pourtant, je me fais un plaisir de lui obéir et je quitte mon short et ma culotte tandis que, de son côté, il déboutonne son jean pour libérer sa queue.

— Monte sur moi, dit-il.

Je suis tellement mouillée et prête que je n'hésite pas. Je l'enfourche et descends contre lui tandis qu'il guide son sexe à l'intérieur. Je bouge lentement, afin de faire durer le plaisir, mais bientôt, c'est plus fort que nous. Quand il m'empoigne les hanches pour me faire claquer contre lui, le soulagement et la passion m'arrachent des cris.

— C'est ça, bébé, dit-il. Je veux que tu me chevauches.

Je lève les bras et prends appui contre le plafond

de la limousine pour garder l'équilibre tout en m'empalant sur sa queue, sans relâche.

En même temps, son doigt joue avec mon clitoris et sa bouche se referme sur mes seins, emprisonnant entre ses dents mes tétons sensibles.

La sensation est incroyable, comme si une ligne ardente reliait ma poitrine à mon sexe, et je trouve bientôt le bon rythme, laissant le plaisir s'épanouir. Notre corps à corps devient plus violent, plus rapide, plus fougueux et plus intense, jusqu'à ce que je ne puisse plus me retenir.

— Damien ! m'écrié-je en explosant tout autour de lui avant de m'effondrer, suspendue à son cou.

Il continue ses va-et-vient et finit par jouir à son tour, ses bras autour de moi.

Enfin, il chuchote :

— Bébé, je t'aime tellement.

Nous demeurons ainsi pendant encore quelques kilomètres, puis nous nous nettoyons et remettons nos vêtements. En me blottissant contre lui, je dois admettre que je suis ravie que ces adolescents sur la banquette arrière soient allés jusqu'au bout, parce que je me sens merveilleusement bien.

Lorsque nous atteignons San Bernardino et quittons l'autoroute en direction des montagnes, Damien se contente d'un « hmm » laconique.

Je me tourne vers lui, les yeux grands ouverts, feignant l'innocence.

— Quelque chose à dire, Monsieur Stark ?

— Rien du tout. Je n'ai toujours pas la moindre idée de l'endroit où nous allons.

— C'est ça.

J'éclate de rire, car bien sûr, il a compris. Nous allons à notre maison de Lake Arrowhead. Quand nous arrivons devant le château de style alpin, Damien me regarde avec un grand sourire.

Je hausse les épaules.

— C'est un week-end. J'ai libéré mon agenda. J'ai demandé à Rachel de libérer le tien. Nous sommes tous les deux libres jusqu'à lundi. Et...

ajouté-je en souriant. Il y a deux fillettes qui nous attendent déjà et qui seront très heureuses de voir leur papa.

J'ai raison sur ce point. Dès que nous franchissons la porte, Lara accourt en criant :

— *Baba, Mama* !

Damien la soulève dans ses bras tandis que Bree me tend Anne.

— Elles ont été sages pendant le trajet ?

— Des anges, me rassure-t-elle.

Elle est venue avec la Range Rover de Damien et elle rentre en limousine.

Je fais un câlin à Anne et rappelle à Bree qu'Edward sera à sa disposition avec la limousine jusqu'à notre retour.

— Alors, amuse-toi. Demande à Edward de t'emmener en balade avec tes copines.

— Je ne sais pas, dit-elle.

Mais à son petit sourire, je devine qu'elle a quelque chose – ou quelqu'un – en tête.

Dès qu'elle s'en va, je me tourne vers Damien et Lara.

— Prêts à sortir ?

Il a l'air intrigué et je réponds en haussant les épaules :

— C'est l'heure du petit-déjeuner. Et je connais une fillette qui pourrait se régaler d'une bonne gaufre.

Près des boutiques, il y a un formidable restaurant au bord du lac qui sert les meilleures gaufres du monde – selon moi. En tout cas, bien assez bonnes pour satisfaire ma petite adepte des gaufres.

— Gauf ! Gauf ! s'exclame Lara en tapant dans ses mains, si excitée et agitée que Damien doit la poser au sol.

— Un super week-end en famille. Je me disais que ce matin, on pourrait prendre le petit-déjeuner, puis on irait faire le tour du lac en bateau. Ça plairait beaucoup à Lara. Cela dit, si tu préfères, on peut préparer des gaufres ici.

Je suis une très mauvaise cuisinière,

contrairement à Damien. Ce serait à lui de faire les gaufres, mais s'il veut rester, je suis partante.

Il secoue la tête et passe un bras sur mon épaule, les yeux baissés vers la jolie bouille d'Anne.

— Non, dit-il. Une journée en excursion avec mes filles, c'est le paradis. Tant que je peux passer la nuit avec ma femme.

— Absolument, Monsieur Stark, dis-je en lui offrant un baiser furtif.

Nous prenons le temps d'entasser dans la Range Rover toutes les affaires du bébé, qu'il nous faut déballer un moment plus tard sur le parking des magasins du village d'Arrowhead.

Damien déplie la poussette double, mais elle ne servira qu'à Anne. Lara sautille à côté de moi. Sa main dans la mienne, elle bavarde avec entrain.

Quand nous arrivons au restaurant, le propriétaire nous accueille chaleureusement.

— Quel plaisir de vous revoir, dit-il avant d'ajouter : Je ne connais pas encore vos enfants.

Il sourit à Lara, qui lui tend la main sans aucune timidité, puis il fait des mimiques à Anne.

Enfin, il m'adresse un grand sourire et se tourne vers Damien.

— Vous avez une très jolie famille, Monsieur Stark.

Damien serre ma main en regardant nos fillettes.

— Oui, acquiesce-t-il. C'est bien vrai.

FIN

———

Découvrez le premier chapitre de *Tout pour toi*

TOUT POUR TOI

SÉRIE STARK À TOUT JAMAIS

— Eh bien, je trouve que c'est une idée brillante.

Je m'accroupis en souriant pour regarder ma fille dans les yeux, même si mes paroles s'adressent à Abby, mon associée en affaires.

— Et Anne aussi, pas vrai, ma jolie petite puce ?

— Maman ! s'écrie-t-elle.

Sa voix m'enveloppe, véritable câlin pour mon cœur. Elle tend vers moi ses bras potelés en se penchant et je m'empresse de la serrer contre moi. Bientôt, elle bâille et se frotte les yeux dans mes bras. L'heure habituelle de sa sieste est passée de quarante minutes et, même si elle est calme pour le moment, je sais qu'elle deviendra ronchonne si je ne la couche pas très vite.

Avec précaution, je l'installe dans le berceau blanc qui occupe une grande partie de l'espace à côté de mon bureau.

— C'est l'heure de la sieste, dis-je avant de me pencher pour déposer un baiser sur son front. Anne va faire dodo et rêver de l'idée géniale de mademoiselle Abby.

Ses paupières se ferment doucement et elle tend les mains vers moi. Je sais pourtant que ce n'est pas Maman qu'elle veut, mais son doudou. Je me baisse et récupère la couverture rayée que nous avons rapportée de la maternité, il y a tout juste vingt mois. Nous avons essayé de lui proposer des peluches. Un tigre gentil. Une girafe rigolote. Mais aucun animal n'a pu remplacer cette vieille couverture.

Ses lèvres esquissent un sourire et ses petits doigts se referment sur le doudou. J'éprouve un pincement au cœur, comme si le poids de mon amour pour ce petit être humain était trop lourd à supporter. Je prends une inspiration en m'efforçant de ramener mon esprit, accaparé par ma fille cadette, vers l'univers des applications pour smartphone.

Quand je me tourne, Abby affiche un immense sourire, les yeux pétillants.

— Tu me fais mourir de rire, Nikki, dit-elle à mi-voix. C'est vrai, ce doit être la réunion de développement la plus bizarre du monde.

Je hausse négligemment une épaule et réponds sur le même ton :

— Que veux-tu que je te dise ? J'aime être différente.

Je m'empare du *babyphone* et je désigne la porte de derrière et la terrasse, où nous pourrons discuter sans craindre de réveiller ma petite fille.

— Viens.

Anne a toujours eu le sommeil lourd. Mais à l'image de son homonyme, Ashley Anne Fairchild Price, c'est un petit monstre grincheux si elle ne dort pas assez.

Ma sœur Ashley était mon roc quand j'étais

petite, la raison pour laquelle j'ai survécu à l'horreur d'une enfance dirigée d'une main de fer par ma mère. Je faisais confiance à Ashley. Je l'admirais. Et je l'aimais sans condition.

Par contre, sans une bonne nuit de sommeil, cette fille était insupportable.

Je crains que ma cadette tienne beaucoup de sa tante.

Cette pensée me pince le cœur, mais cette fois, l'amour est teinté de chagrin. Parce qu'Anne ne connaîtra jamais ma sœur. Pendant tant d'années, j'ai cru qu'Ashley avait échappé à l'enfer que notre mère nous avait infligé. Je pensais être la seule encore prisonnière de sa toile, forcée à m'affamer et à subir toutes sortes de brimades, entre les mains de cette mère qui voulait faire de moi sa jolie poupée, reine des concours de beauté.

L'automutilation avait été mon ultime échappatoire. Une soupape d'évacuation pour toute la détresse et la douleur qui bouillonnaient en moi. Ce ne fut que lorsque les entailles profondes sur mes cuisses m'ont rendue inutile dans les concours en maillot de bain que j'ai enfin trouvé la liberté. Ou du moins, que j'ai pu sortir de ce cauchemar-là.

La solution trouvée par Ashley a été plus radicale. Persuadée d'avoir échoué en tant qu'épouse – persuadée qu'elle ne serait jamais à la hauteur de ce modèle de perfection exigé avec une telle intransigeance par notre mère –, elle s'est suicidée.

Sa mort m'a perforé le cœur.

Elle m'a manqué pendant des années, mais maintenant que j'ai des enfants, son absence me pèse encore plus. Car à présent, il y a deux petites filles qui ne connaîtront jamais leur tante. Et je suis la seule à pouvoir véritablement comprendre le vide que l'absence d'Ashley va laisser dans leurs vies.

— Ça va ?

Abby croise mon regard avant de prendre place sur l'un des fauteuils rembourrés de la terrasse.

— Ça va, dis-je avec un sourire forcé en espérant

que mon humeur se calquera sur ce mensonge.
J'ai la tête ailleurs.

Je m'assieds à côté d'elle. Nous sommes tournées
vers la plage immaculée de Malibu et, au-delà,
les vagues grondantes du Pacifique.

Nous nous trouvons dans le pavillon de plage
que Damien a fait construire pour moi avant la
naissance des enfants. Je lui avais dit que la seule
chose qui manquait à notre somptueuse maison
à flanc de colline, c'était une porte donnant
directement dans le sable.

Et comme il me gâte toujours trop, Damien m'a
fait la surprise de m'offrir ce bungalow. Il est sur
notre domaine et on y accède par un chemin
sinueux menant à la maison principale. C'est
petit, mais agencé avec goût. Dès que j'ai appris
l'existence du pavillon, un mélange
d'émerveillement et de bonheur m'a traversée de
part en part.

D'émerveillement devant le fait que Damien ait
décidé sur un coup de tête de faire bâtir une
maison. Et de bonheur, car il l'a fait uniquement
pour le plaisir de me rendre heureuse.

Je suis issue d'une famille texane qui a fait fortune dans le pétrole et le gaz. J'ai toujours vécu dans un certain luxe. Mais en comparaison avec Damien, c'était la misère la plus sordide. Il n'a pas toujours été riche à milliards. Non, Damien Stark s'est battu pour mener cette vie et pour tout ce qu'il possède. Je songe avec un petit sourire que, moi aussi, j'en fais partie.

Je me demande encore quelle bonne étoile s'est penchée sur moi pour me donner l'amour de Damien, mais je sais que cet amour est bien réel et d'une profondeur insondable. Je le sais, parce qu'il me le dit. Et plus important encore, il me le montre. Dans chaque caresse, chaque baiser, chaque cadeau un peu fou et extravagant. Cet homme est mon cœur et mon âme. Mon souffle et mon corps.

Et le miracle, c'est que je l'aime tout aussi parfaitement.

Nous nous connaissons, lui et moi. Intimement. Passionnément. Pleinement et absolument.

C'est pour ça que je suis tout à fait certaine que quelque chose le tracasse. Quelque chose dont il ne m'a pas encore parlé, mais qui le perturbe depuis quelques jours. Et j'ai beau me dire qu'il s'agit sans doute d'un problème au travail – car il m'a promis qu'il n'y aurait plus de secrets entre nous –, j'ai du mal à le croire.

À côté de moi, Abby s'adosse en soupirant dans son fauteuil et je m'efforce de revenir à l'instant présent, repoussant avec réticence mes craintes et mes appréhensions.

— Tu sais, dit Abby d'un ton songeur, je trouvais que notre bureau à Studio City était agréable, mais là, c'est le niveau supérieur.

Elle se tourne pour me regarder dans les yeux.

— On peut boire du vin ?

J'éclate de rire.

— Voyons, Abigail Jones ! Je suis choquée.

Elle lève les yeux au ciel.

— Mais non, tu n'es pas choquée. Et puis, c'est toi qui n'arrêtes pas de me dire que ma nouvelle idée d'appli est géniale. Nous devons porter un toast.

— Je ne peux pas te contredire.

Et comme j'essaie toujours de faire plaisir à mes invités et à mes associés – et qu'un verre de chardonnay me fait envie –, je sors une bouteille du petit réfrigérateur à vin de la terrasse et je nous sers un verre à chacune.

— À toi, lui dis-je. Et à l'application Maman Veille.

Le nom provisoire est nul, nous le savons toutes les deux, mais le concept est génial. Abby a trouvé l'idée d'une application pour smartphone spécifiquement conçue pour les nouvelles mamans qui retournent au travail. Elle intègrera les ressources maternelles variées déjà existantes. Surveillance vidéo ou audio, contrôle des nounous, questions-réponses, journal de croissance pour bébé et de perte de poids pour maman, ainsi qu'un tas d'autres options visant à offrir aux nouvelles mères une application d'aide complète.

Je devine déjà son succès. Et comme Abby est un génie du codage informatique – c'est pour ça que je l'ai engagée –, je sais qu'elle peut y arriver.

— Tu ne crois vraiment pas qu'on devrait attendre ? demande-t-elle.

— Absolument pas.

Je suis sincère, mais je comprends son hésitation. Il y a à peine plus d'un an, Abby était mon employée et je me débattais entre mon rôle de maman et celui de chef d'entreprise.

Avec les moyens de Damien, naturellement, je n'étais pas obligée de travailler et j'en étais consciente. Mais si j'avais quitté Dallas pour venir à Los Angeles, c'était dans le but de lancer ma propre société de développement. Le fait que j'aie épousé le maître de l'univers n'y change rien.

En revanche, ce sont mes filles qui ont tout changé. Lara, notre aînée de bientôt quatre ans, avait vingt mois quand nous l'avons adoptée, et je suis tombée enceinte d'Anne juste avant notre départ pour la Chine. J'avais l'intention de reprendre le travail à temps plein, après trois mois passés avec les filles à travailler comme je le pouvais sur la table de la cuisine.

Mais ma vision des choses s'est transformée dès

que j'ai remis le pied au bureau. Je me suis rendu compte avec douleur que j'avais envie d'être à la maison pour assister aux premiers pas d'Anne et à ses premiers mots. Je voulais voir mon aînée, Lara, jouer avec notre chat ou taper sur les touches du piano. Je voulais rire pendant qu'elle regardait *Dora l'Exploratrice* en chantant la chanson de la carte. Je voulais aller à la salle de jeux Gymboree avec elle et lancer des balles dans un grand drap en nylon.

Et en même temps, je voulais aussi mener ma carrière de front.

Alors, après mûre réflexion, j'ai opté pour un compromis. J'ai proposé à Abby de devenir mon associée. J'ai fermé nos locaux de Studio City, m'épargnant des heures de trajet. Et j'ai converti mon cher pavillon de plage en bureau.

À présent, notre réceptionniste et responsable administrative, Marge, vient ici trois jours par semaine. Abby travaille de chez elle, ou elle vient au bungalow quand nous devons faire une réunion. Et si au départ j'avais l'intention de me contenter de nos projets en cours, avec la même clientèle, tout se passe tellement bien que nous avons récemment gagné deux clients et embauché un nouvel employé.

En fin de compte, nous avons repris le développement de contenus originaux. Comme l'application d'Abby, par exemple.

— Oui, dis-je avec un hochement de tête en revenant au sujet qui nous préoccupe. Absolument. Nous devrions aller de l'avant. Tu peux demander à Travis de travailler avec toi.

Elle acquiesce d'un air songeur, les yeux rivés sur l'océan.

— Il sera excellent.

Je réprime un sourire. Travis a intégré Fairchild Development en tant que programmeur il y a deux mois, et Abby a eu un coup de cœur pour lui. En tout cas, elle n'est pas prête à me l'avouer, sans doute parce qu'elle craint ma désapprobation. En ce qui me concerne, tant que les étincelles dans leurs yeux n'ont pas d'influence sur leur travail, ça ne me pose aucun problème.

— Y a-t-il autre chose dont on n'a pas parlé ?

Abby feuillette le porte-documents en cuir noir aux monogrammes de *Fairchild & Partners Development*. Elle prend quelques notes, raye plusieurs lignes et se tourne vers moi en haussant les épaules.

— Je crois que nous avons tout abordé. Alors, j'en parlerai à Travis demain matin ? Je peux prendre le petit-déjeuner avec lui près de chez moi, à moins qu'on se donne rendez-vous ici.

Je secoue la tête.

— Je prends ma journée, demain. Tu t'en souviens ? Mon long week-end.

Elle lève son verre vers moi.

— L'avantage d'être le chef. Profite bien.

Je réfléchis à mes projets détaillés pour le week-end. Des projets qui impliquent Damien, des bougies et un temps significatif passé au lit. Je sens mes joues rougir et je lève mon verre à mon tour.

— Crois-moi, dis-je avec conviction. J'en ai bien l'intention

J. Kenner (alias Julie Kenner) est une auteure de best-sellers internationaux figurant aux classements des journaux *New York Times*, *USA Today*, *Publishers Weekly* et *Wall Street Journal*. Elle a écrit plus d'une centaine de romans, de romans courts et de nouvelles dans toutes sortes de genres littéraires.

Selon *Publishers Weekly*, JK est une auteure qui a un « don pour le dialogue et la création de personnages excentriques », et le *RT Bookclub* estime qu'elle a su « répondre aux besoins du marché en créant des antihéros scandaleusement attirants et dominateurs, et des femmes qui fondent pour eux. » Six fois finaliste de la prestigieuse récompense RITA (*Romance Writers of America*), JK a remporté son premier trophée RITA en 2014 pour son roman *Claim Me* (tome 2 de sa trilogie *Stark*) et le second en 2017 pour son roman *Wicked Dirty*. Elle a vendu des millions de livres, publiés dans plus de vingt langues.

Au cours de sa précédente carrière, JK a exercé comme avocate en Californie du Sud et au Texas. Elle vit actuellement dans le centre du Texas, avec son mari, ses deux filles et deux chats plutôt lunatiques.

Visitez son site web www.juliekenner.com pour en savoir plus et pour entrer en contact avec JK sur les réseaux sociaux !

J. Kenner Facebook Page
Facebook Fan Group
Newsletter

www.jkenner.com

www.ingramcontent.com/pod-product-compliance
Lightning Source LLC
Chambersburg PA
CBHW070958180726
48291CB00004B/1355